It's raining cats and dogs

Jean-Bernard Piat

It's raining cats and dogs

et autres expressions idiomatiques anglaises

Librio

Inédit

Pour Marie

SOMMAIRE

AVANT-PROPOS

Ce livre offre un florilège de locutions françaises accompagnées de leurs équivalents en anglais. Il va sans dire que ce petit répertoire ne saurait prétendre à l'exhaustivité, car constituer un dictionnaire « complet » de locutions eût tenu de la gageure. On a donc restreint la sélection aux expressions imagées ou incontestablement idiomatiques, classées par champs lexicaux. Là encore, un choix s'imposait, et ce sont les expressions les plus courantes qui ont été privilégiées. Par exemple, on trouvera bien sûr le lot attendu de proverbes et dictons traditionnels, pour peu qu'ils soient encore en vigueur de nos jours. Mais on a exclu d'autres proverbes, qui peuvent être connus certes, mais ne sont plus guère en usage. À l'inverse, ce livre n'hésite pas à recenser des expressions plus contemporaines, volontiers familières, voire argotiques.

Toutes ces locutions n'ont pas seulement un intérêt pittoresque ou culturel. En effet, les apprendre pour s'entraîner à parler couramment est du plus grand intérêt, étant donné que nos phrases sont bien souvent formées de ces grappes de mots prêtes à servir, que notre conversation est émaillée d'idiomes qui constituent des entités sémantiques à disposition.

Il a paru judicieux de répertorier toutes ces expressions par thèmes, un classement alphabétique étant proposé au sein de chaque thème. On identifiera ainsi les champs sémantiques les plus féconds, c'est-à-dire les sujets qui sollicitent le plus l'invention langagière !

Comme on le constatera, il n'y a bien sûr pas toujours de véritable « équivalence » entre l'expression française et l'expression anglaise. Certaines expressions sont parfois imagées en français, mais pas en anglais, ou inversement. Ainsi, « avoir l'esprit de l'escalier » n'a pas de strict équivalent en anglais, de même que *to burn the midnight oil* (« travailler tard dans la nuit ») n'en a pas en français. Voilà pourquoi certaines traductions peuvent paraître parfois « décevantes » et trahir l'expression initiale par leur platitude.

Il a semblé préférable de donner ces locutions dans des phrases courantes et naturelles, non à l'infinitif, ce qui les rend nettement plus vivantes, permet de les utiliser « en situation » et les éclaire à l'occasion. De plus il devient ainsi possible et profitable de les apprendre par cœur afin de les faire entrer dans son anglais de tous les jours.

LISTE DES ABRÉVIATIONS

fam. : familier
fig. : figuré
GB : anglais britannique
hum. : humoristique
pr. : propre
USA : anglais américain
vulg. : vulgaire
> < : contraire de

Chapitre 1

Le corps humain et l'activité corporelle
The human body and bodily activity

agile
Il est agile comme un singe. – *He's as nimble as a goat.*

barbe
Il marmonnait dans sa barbe. – *He was muttering under his breath.*

beauté
La beauté n'est que superficielle. – *Beauty is only skin-deep.*
La beauté est subjective. – *Beauty is in the eye of the beholder.*

boule
Il a la boule à zéro. [fam.] = Il n'a pas un poil sur le caillou. [fam.] – *He's as bald as a coot (= ... as bald as an egg).*

bras
Il est dans les bras de Morphée. – *He's dead to the world.*

canon
Elle est canon. [fam.] – *She's a real looker.*

chair
Elle est bien en chair. – *She's well-upholstered.* [fam.]
Je l'ai vu en chair et en os. – *I saw him in the flesh.*
Il y a de quoi vous donner la chair de poule. – *It's enough to make your flesh creep.* = *It's enough to give you goose pimples.*

chargé
Il était chargé comme un baudet. – *He was loaded down with packages.*

cheveu
Il a un cheveu sur la langue. – *He has a lisp.*
Il avait les cheveux en bataille. – *His hair was dishevelled.*
Il y avait de quoi vous faire dresser les cheveux sur la tête. – *It was enough to make your hair stand on end.*

coiffé
Elle était coiffée à la diable. – *Her hair looked a mess.*
Il est coiffé en brosse. – *He has a crew-cut.*

compas
Il a le compas dans l'œil. – *He has an accurate eye.*

cou
Il a pris ses jambes à son cou. – *He took to his heels.*

coup de fouet
Je vais sortir : ça me donnera un coup de fouet. – *I'll go out and blow the cobwebs away.*

courir
Il courait comme un dératé. – *He was running like a bat out of hell.*

dur
Il est dur de la feuille. [fam.] – *He's hard of hearing.*

écart
Je sais faire le grand écart. – *I can do the splits.*

échelle
Fais-moi la courte échelle. – *Give me a leg-up.*

éléphant
Il est comme un éléphant dans un magasin de porcelaine. – *He's like a bull in a china shop.*

fer
Il est tombé les quatre fers en l'air. – *He fell flat on his back.*

fort
Il est fort comme un Turc. – *He's as strong as an ox.*

fusiller
Il m'a fusillé du regard. – *He looked daggers at me.*

goutte
Ils se ressemblent comme deux gouttes d'eau. – *They're as like us two peas in a pod.*

guêpe
Elle a une taille de guêpe. – *She's wasp-waisted. = She has an hourglass figure.*

joli
Elle est jolie comme un cœur. – *She's as pretty as a picture.*

ligne
Elle surveille sa ligne. – *She is figure-conscious.*

loir
J'ai dormi comme un loir. – *I slept like a log.*

maigre
Il est maigre comme un clou. – *He's as thin as a rail.*

main
Haut les mains ! – *Hands up! = Stick 'em up!*

maladroit
Il est maladroit comme tout. – *He's all fingers and thumbs.* [GB]

mécaniques
Il aime rouler des mécaniques. [fam.] – *He likes flexing his muscles. = He likes playing the tough guy.*

mince
Elle est mince comme un fil. – *She's as slim as a reed.*

moche
Elle est moche comme les sept péchés capitaux. – *She's ugly as sin.*

monde

Il y a du monde au balcon. [fam.] – *She's got ample frontage.*

mouche

On aurait entendu une mouche voler. – *You could have heard a pin drop.*

myope

Il est myope comme une taupe. – *He's as blind as a bat.*

nez

Il parle du nez. – *He talks through his nose.*

Je me suis trouvé nez à nez avec lui. – *I came face to face with him.*

Ça se voit comme le nez au milieu du visage. – *It's staring you in the face. = It sticks out a mile.*

noir

Il fait noir comme dans un four. – *It's pitch dark.*

odorat

Elle a l'odorat fin. – *She has a keen sense of smell.*

œil

Il a un œil qui dit merde à l'autre. [fam.] – *He's cross-eyed. = He has a squint.*

Il a des yeux de lynx. – *He has eyes like a hawk.*

Il n'a pas les yeux dans sa poche. – *He doesn't miss a thing.*

Ouvre l'œil et le bon ! – *Keep your eyes open! = Keep your eyes peeled!*

Il était tout yeux, tout oreilles. – *He was all eyes and ears.*

peau

Elle n'a que la peau sur les os. – *She's all skin and bone. = She's a bag of bones.*

physique

Il a le physique de l'emploi. – *He looks the part.*

pied

J'ai le pied marin maintenant ! – *I've got my sea legs now!*

pied-de-nez
Il m'a fait un pied-de-nez. – *He cocked a snook at me.*

place
Il ne tient pas en place. – *He's got ants in his pants.*

plate
Elle est plate comme une limande. – *She's as flat as a pancake.*

portrait
C'est le portrait craché de sa mère. – *She's the spitting image of her mother.* = *She's a carbon copy of her mother.*

regard
Elle m'a jeté un regard noir. – *She gave me a dirty look.*

rouge
Il était rouge comme une écrevisse. – *He was as red as a lobster (= … as a beetroot).*

roupillon
Je pique généralement un roupillon après le déjeuner. – *I usually grab forty winks (= get a bit of shut-eye) after lunch.*

sourd
Il est sourd comme un pot. – *He's as deaf as a post.*

tasse
J'ai bu la tasse. – *I swallowed a mouthful.*

toilette
Je n'ai fait qu'un brin de toilette ce matin. – *I only had a wash and brushup this morning.*

ventre
Il a pris du ventre avec l'âge. – *He's got middle-age spread.*

Chapitre 2

Santé, forme, maladie, mort
Health, fitness, illness, death

affaire
Il est tiré d'affaire. – *He has pulled through.*

âge
On a l'âge de ses artères. – *You are as old as you feel.*

âme
Il finit par rendre l'âme. – *He finally gave up the ghost.* = *He finally went the way of all flesh.*

arme
Je ne tiens pas encore à passer l'arme à gauche ! [fam.] – *I don't want to kick the bucket (= to turn up my toes = to cash in my chips) yet!*

article
Il est à l'article de la mort. – *He's at death's door.* = *He's at the point of death.*

assiette
Je ne me sens pas dans mon assiette aujourd'hui. – *I don't feel like myself today.* = *I'm out of sorts today.*

bâiller
Il bâille à s'en décrocher la mâchoire. – *He's yawning his head off.*

bien
Ça m'a fait un bien fou. – *It did me a world of good.*

billard
Il faut que je passe sur le billard. [fam.] – *I must go under the knife.*

bouche-à-bouche
Vous devriez lui faire le bouche-à-bouche. – *You should give him mouth-to-mouth respiration.* = *You should give him the kiss of life.* [GB]

cadran
J'ai fait le tour du cadran. – *I slept the clock round.*

caisson
Il s'est fait sauter le caisson. [fam.] – *He blew his brains out.*

chandelles
J'ai vu trente-six chandelles. – *I saw stars.*

charme
Il se porte comme un charme. – *He's as sound as a bell.*

chat
J'ai un chat dans la gorge. – *I have a frog in my throat.*

cœur
Il faut avoir le cœur bien accroché pour faire ça. – *You need a strong stomach to do that.*
J'ai le cœur au bord des lèvres. – *I feel a bit queasy.*

coin
Je vais au petit coin. – *I'm going to spend a penny.* [GB, fam.]

coton
Il file un mauvais coton. – *He's in a bad way.*

coup de pompe
J'ai un coup de pompe. – *I feel pooped.*

crâne
J'ai un peu mal au crâne. – *I've got a bit of a head.*

cuiller
Je suis à ramasser à la petite cuiller. – *I'm ready to drop.*

15

défaillir
J'ai cru défaillir. – *I went weak at the knees.*

dormir
Que cela ne vous empêche pas de dormir ! – *Don't lose any sleep over it!*

esprit
Il a eu du mal à reprendre ses esprits. – *He had difficulty pulling himself together.*

état
Il était dans un état second. – *He was in a daze.*

feu
Elle pète le feu. [fam.] – *She's full of pep (= ... full of beans = ... full of go).*
Il a été tué à petit feu. – *He was killed by inches.*

fièvre
Il a une fièvre de cheval. – *He has a raging fever.*

fil
Sa vie ne tient qu'à un fil. – *His life is hanging by a thread.*

force
Il est dans la force de l'âge. – *He's in the prime of life.*

forme
Je pète la forme. [fam.] – *I'm as fit as a fiddle.*

fourmi
J'ai des fourmis dans les jambes. – *I've got pins and needles in my legs.*

frais
Je suis frais et dispos. – *I'm as fresh as a daisy.*

fumer
Il fume comme un sapeur. – *He smokes like a chimney.* = *He's a chain smoker.*

jambe
J'ai les jambes en coton. – *My legs feel like jelly.*

Je ne sens plus mes jambes. – *I'm on my last legs. = I'm dead on my feet.*

lève-tôt
Je suis du genre lève-tôt. – *I'm an early bird.*

mal
J'ai mal partout. – *I'm sore all over.*

malade
Je suis malade comme une bête. – *I'm as sick as a dog.*

martyre
Je souffre le martyre. – *I'm suffering agonies. = I'm in agony.*

masse
Je me suis endormi comme une masse. – *I went out like a light.*

microbe
Tu vas choper un microbe. – *You're going to pick up a bug.*

mort
Il est bel et bien mort. – *He's as dead as a doornail.*
Il est mort de mort naturelle. – *He died a natural death.*
Tu vas attraper la mort ! – *You'll catch your death of cold!*

nuit
J'ai passé une nuit blanche. – *I spent a sleepless night.*

œil
Il a un œil au beurre noir. – *He has a black eye.*
Je n'ai pas fermé l'œil de la nuit. – *I didn't sleep a wink all night.*
Puis il a tourné de l'œil. – *Then he passed out.*

ombre
Il n'est plus que l'ombre de lui-même. – *He's a mere shadow of his former self.*

passer
Il ne passera pas l'hiver. – *He won't last the winter out.*

pêche
Ça donne la pêche. – *It gets you going.*

pied

Il a toujours bon pied, bon œil. – *He's still hale and hearty.*
Il est de nouveau sur pied. – *He's up and about again.*
Il a un pied dans la tombe. – *He has a foot in the grave.*

pissenlit

Il mange les pissenlits par la racine. – *He's pushing up the daisies.*

poil

Il a repris du poil de la bête. – *He has picked up again.*

pomme

Une pomme par jour évite le médecin. – *An apple a day keeps the doctor away.*

poule

Je me couche avec les poules. – *I'm an early bedder.*

prévenir

Mieux vaut prévenir que guérir. – *An ounce of prevention is worth a pound of cure.*

rage

J'ai une rage de dents. – *I have raging toothache.*

ressaisir (se)

Ressaisis-toi ! – *Get a hold of yourself!*

rhume

J'ai un rhume de cerveau. – *I've got a cold in the head.*

rouillé

Je suis rouillé. – *I'm stiff in the limbs.*

santé

Elle a une santé de fer. – *She has an iron constitution.*
Il respire la santé. – *He's bursting with health.*

soigner

Il faut te faire soigner ! (= Tu es fou !) – *You need your head examined!*

sommeil
Je tombe de sommeil. – *I'm asleep on my feet.*

soupir
Ce poète a rendu son dernier soupir en Italie. – *This poet breathed his last in Italy.*

tête
J'ai un mal de tête carabiné. – *I have a splitting headache.*
J'ai la tête qui tourne. – *My head is spinning.*

tour
Je me suis donné un tour de reins. – *I've strained my back.*

trente-sixième
Il avait l'air au trente-sixième dessous. – *He looked the worse for wear.*

vie
Il est entre la vie et la mort. – *He's hanging between life and death.*
Tant qu'il y a de la vie, il y a de l'espoir. – *Where there's life, there's hope.*

Chapitre 3

Boire et manger
Food and drink

appétit
Ça te coupera l'appétit. – *It will spoil your appetite.*
La promenade m'a ouvert l'appétit. – *The walk has given me an appetite.*
Elle a un appétit d'oiseau. – *She eats like a bird.*

arroser (s')
Ça s'arrose. – *That calls for a drink.*

babine
Il se pourléchait les babines. – *He was smacking his lips.*

bien
Ça fait du bien par où ça passe. – *It hits the spot.*

boire
Il boit comme un trou. – *He drinks like a fish.* = *He drinks like anything.*
Ce vin se laisse boire. – *This wine goes down nicely.*
Que voulez-vous boire ? – *What's your poison?* [fam.]

boire
Il en perd le boire et le manger. – *He's losing his appetite over it.*

bouche
Elle a fait la fine bouche. – *She turned up her nose.*

bouteille
Il est porté sur la bouteille. – *He's too fond of the bottle.* = *He tends to indulge.*

coup
Il a bu un coup de trop. – *He's had one too many.*

cuisinier
Trop de cuisiniers gâtent la sauce. – *Too many cooks spoil the broth.*

cul
Cul sec ! – *Bottoms up!* = *Down the hatch!* = *Down in one!*

cuver
Il doit être en train de cuver son vin. – *He must be sleeping it off.*

dalle
Je vais d'abord me rincer la dalle. [fam.] – *I'm going to wet my whistle first.*

eau
Tu me mets l'eau à la bouche. – *You're making my mouth water.*

estomac
Il a un estomac d'autruche. – *He has a cast-iron stomach.*

étrier
Prenons le coup de l'étrier. – *Let's have one for the road.*

faim
J'ai une faim de loup. – *I'm famished.* = *I'm starving.* = *I could eat a horse.*

fourchette
Il a un bon coup de fourchette. – *He's a hearty eater.* = *He eats like a horse.*

gueule
Ça arrache la gueule. [fam.] – *It takes the roof off your mouth.*

honneur
Nous avons fait honneur au repas. – *We did justice to the meal.*

jus
Ce café, c'est du jus de chaussette. – *This coffee tastes like dishwater.*

juste
Le repas était un peu juste. – *The meal was a bit on the skimpy side.*

lever
Il s'est mis à lever le coude après cet événement. – *He hit the bottle after that event.*

long
C'est un vin qui est long en bouche. – *This is a wine with a long finish.*

morceau
Mangeons un morceau. – *Let's grab a bite.*

œil
J'ai eu les yeux plus gros que le ventre. – *My eyes were bigger than my stomach.*

plat
Elle a mis les petits plats dans les grands. – *She did things in style.*

régime
Il a décidé de se mettre au régime sec. – *He has decided to go on the wagon.*

soûl
Il était soûl comme un Polonais. – *He was totally out.* = *He was blind drunk.* – *He was drunk as a lord.* [GB]

sucrerie
Elle aime les sucreries. – *She has a sweet tooth.*

tête
Le vin me monte souvent à la tête. – *Wine often goes to my head.*

tienne
À la tienne, Étienne ! – *Here's mud in your eye!*

Chapitre 4

L'habillement et la mode
Clothing and fashion

allure
Tu as fière allure avec cette tenue. – *You cut a fine figure in this outfit.*
Mon Dieu, tu as une drôle d'allure ! – *My God, you look a sight!*

as
Elle était fagotée comme l'as de pique. – *She was dressed any old how.*

beauté
Il faut que je me refasse une beauté avant le dîner. – *I must freshen up before dinner.*

bras
Il est en bras de chemise. – *He is in his shirt sleeves.*

éclater
J'éclate dans ces vêtements. – *I'm bursting out of these clothes.*

endimanché
Ils étaient endimanchés. – *They were in their Sunday best.*
= *They were dressed up to the nines.*

gant
Ce costume te va comme un gant. – *This suit fits you like a glove.*

habillé
Elle est toujours bien habillée. – *She's a snappy dresser.*

habit
L'habit ne fait pas le moine. – *Clothes don't make the man.*

mode
C'est la grande mode. – *It's quite the thing.*

poil (à)
Elle était à poil. [fam.] – *She was in her birthday suit.* = *She was in the altogether.* = *She hadn't got a stitch on.*

rien
Je n'ai rien à me mettre ! – *I haven't a thing to wear!*

tendance
C'est très tendance. – *It's all the go.*
Elle aime s'habiller tendance. – *She likes dressing trendily.*

trente et un
Elle était sur son trente et un. – *She was dressed to kill.* = *She was all dressed up.*

Chapitre 5

Détente
Relaxing

amuser (s')
On s'est amusé comme des fous. – *We had the time of our life.*
= *We had a whale of a time.*

bain
Prenons un bain à poil. – *Let's go skinny-dipping.*
Je prends un bain de soleil. – *I'm soaking up the sun.*

blague
Il adore sortir des blagues. – *He loves cracking jokes.*

bœuf
Je vais faire un bœuf avec des musiciens américains cet après-midi. – *I'm going to have a jam-session with American musicians this afternoon.*

boîte
Je ne sors pas en boîte très souvent. – *I don't go clubbing very often.*

boute-en-train
Il a été le boute-en-train de la soirée. – *He was the life and soul of the party.*

bringue
On va faire la bringue ce soir. – *We're going on a binge tonight.*

canular

Ils m'ont monté un canular. – *They played a hoax on me.*

chat

Quand le chat n'est pas là, les souris dansent. – *When the cat's away, the mice will play.*

cloche

On s'est tapé la cloche pour célébrer l'événement. – *We stuffed ourselves silly to celebrate.*

couler

Il se la coule douce. – *He takes it easy.*

coup

Ils ont fait les quatre cents coups. – *They had a wild time.*

cuite

Ils ont pris une cuite. [fam.] – *They tied one on.*

danser

Elle danse comme un pied. – *She's got two left feet.*
C'est fantastique de danser jusqu'à épuisement. – *It's fantastic to bop till you drop.*

défouler (se)

J'ai besoin de me défouler. – *I need to let off steam.*

désœuvré

Je me sens désœuvré. – *I feel at a loose end.*

doigt

Ils ont gagné les doigts dans le nez. – *They won hands down.*

éclater (s')

On s'est éclaté. – *We had a ball.*

ennuyer (s')

Je me suis ennuyé à cent sous de l'heure. – *I was bored stiff.*

enterrer

Je vais enterrer ma vie de garçon vendredi prochain. – *I'm having a stag party next Friday.*

fête
Nous allons faire la fête ce soir. – *We're going to live it up tonight.* = *We're going to make a night of it.*

foire
Ils ont fait une foire à tout casser. – *They painted the town red.*

franquette
Ce sera à la bonne franquette. – *It will be quite informal.*

glace
Ce fut difficile de rompre la glace. – *It was difficult to break the ice.*

gueule
J'ai la gueule de bois. – *I've got a hangover.*

lâcher (se)
J'ai envie de me lâcher. – *I feel like letting my hair down.*

lèche-vitrine
Allons faire du lèche-vitrine. – *Let's go window-shopping.*

lézard
C'est tellement agréable de faire le lézard. – *It's so nice to bask in the sun.*

libre
Il est libre comme l'air. – *He is footloose and fancy-free.*

magasin
On part dévaliser les magasins ! – *We're going on a shopping binge!*

matinée
J'ai envie de faire la grasse matinée. – *I feel like having a lie-in.*

pendaison
Ils vont faire une pendaison de crémaillère. – *They're going to throw a housewarming (party).*

piano
Il taquine les touches (de piano). – *He tickles the ivories.*

pied
J'ai pris mon pied à faire ça. [fam.] – *I got a kick out of this.*

plaisanterie
Les plaisanteries les plus courtes sont toujours les meilleures.
– *The shorter a joke, the better it is.* = *Brevity is the soul of wit.*

plein
La fête battait son plein. – *The party was in full swing.*

plus
Plus on est de fous, plus on rit. – *The more, the merrier.*

pont
J'ai fait le pont. – *I made a long weekend of it.*

rire
Elles ont piqué un fou rire. – *They went into fits of laughter.*
= *They had the giggles.*
J'ai ri à m'en décrocher la mâchoire. – *I laughed my head off.*
J'étais plié en deux de rire. – *I was doubled up with laughter.*
J'ai éclaté de rire. – *I burst out laughing.*
Ils se tordaient de rire. – *They were howling with laughter.*

sentier
J'aimerais sortir des sentiers battus. – *I would like to go somewhere off the beaten track.*

sortir
On va sortir entre femmes. – *I'm going to a hen party.*

temps
J'ai envie de prendre du bon temps avant de me marier. – *I want to have my fling before getting married.*

tournée
Ils ont fait la tournée des grands-ducs. – *They hit the high spots.*
Nous avons fait la tournée des pubs. – *We went pub-crawling.*

vacances
J'ai du mal à me sentir en vacances. – *I have difficulty getting into the holiday spirit.*

Chapitre 6

Rapports humains et vie en société
Human relationships and social life

abcès
Il faudrait crever l'abcès. – *We should clear the air.*

accueillir
Son dernier livre a été bien accueilli par la critique. – *His latest book has won critical acclaim.*

aile
Elle l'a pris sous son aile. – *She has taken him under her wing.*
Il peut maintenant voler de ses propres ailes. – *He can now stand on his own two feet.*

aimer
Qui aime bien châtie bien. – *Spare the rod and spoil the child.*

amende
J'ai été obligé de faire amende honorable. – *I had to eat humble pie (= ... to eat crow [USA]).*

anglaise
Je vais filer à l'anglaise. – *I'm going to take French leave.*

angle
Il sait arrondir les angles. – *He knows how to smooth things over.*

antipode
Ils sont aux antipodes. – *They are poles apart.*

ascenseur
Il s'attend à ce qu'elle lui renvoie l'ascenseur. – *He expects her to return the favour.*

avis
Deux avis valent mieux qu'un. – *Two heads are better than one.*

avoir (y en)
Il n'y en a eu que pour lui à la fête. – *He stole the show at the party.*

baguette
Il les mène à la baguette. – *He rules them with a rod of iron.*

bain
Il a pris un bain de foule et serré les mains des gens. – *He did a walkabout and pressed the flesh.*

balle
La balle est dans son camp. – *The ball is in his court.*

banalité
Il adore échanger des banalités. – *He loves making small talk.*

bande
Il fait bande à part. – *He keeps himself to himself.*
Mieux vaudrait vous y prendre par la bande. – *You'd better go about it in a roundabout way.*

baratin
Le vendeur m'a sorti son baratin. – *The salesclerk gave me a snow job.* [USA]

bavette
Nous taillerons une bavette ce soir. – *We'll shoot the breeze tonight.*

bond
J'espère qu'il ne me fera pas faux bond. – *I hope he will not let me down.*

bonjour
On se dit bonjour, bonsoir, voilà tout. – *We only have a nodding acquaintance.*

bouche-à-oreille

C'est dû au bouche-à-oreille. – *It's due to word-of-mouth.*

Je l'ai appris par le bouche-à-oreille. – *I heard about it through the grapevine.*

Cela a du succès grâce au bouche-à-oreille. – *It has become popular as word gets around.*

bras

Il a le bras long. – *He knows the right people. = He's got pull.*

Je l'ai eue sur les bras toute la soirée. – *I was stuck with her all evening.*

bruit

Le bruit court qu'il est malade. – *Rumour has it (that) he is ill.*

carte

Je suis tout à fait disposé à lui donner carte blanche. – *I'm quite willing to give him a free hand (= ... to give him carte blanche).*

cavalier

Il préfère faire cavalier seul. – *He prefers to go it alone.*

chacun

Chacun pour soi, et Dieu pour tous. – *Every man for himself, and the devil take the hindmost.*

chapeau

Je ne veux pas porter le chapeau. – *I don't want to carry the can* [GB] (= ... *to take the rap* [USA]).

charité

Charité bien ordonnée commence par soi-même. – *Charity begins at home.*

chat

Il a joué au chat et à la souris avec elle. – *He played cat and mouse with her.*

Les chats ne font pas des chiens. – *He (She, etc.) is a chip off the old block.*

chaussette

Elle m'a laissé tomber comme une vieille chaussette. – *She dropped me like a hot potato.*

chemin

Il est difficile de ne pas s'écarter du droit chemin. – *It's difficult to keep to the straight and narrow.*

chien

Ils m'ont reçu comme un chien dans un jeu de quilles. – *They gave me the cold shoulder.*

Ils s'entendent comme chien et chat. – *They fight like cat and dog.*

Ils m'ont traité comme un chien. – *They treated me like dirt.*

chronique

Cela défraye la chronique. – *It's the talk of the town.*

ciel

Il remua ciel et terre pour la revoir. – *He moved heaven and earth to see her again.* = *He left no stone unturned to see her again.*

club

Bienvenue au club ! – *Join the club!*

comédie

Il ne fait que jouer la comédie. – *He's just putting on an act.*

compagnie

Il a essayé de me fausser compagnie. – *He tried to give me the slip.*

compliment

Tu cherches les compliments. – *You're fishing for compliments.*

compte

Il s'en est tiré à bon compte. – *He got off cheaply.* = *He got off scot-free.*

conduite

Il s'est acheté une conduite. – *He has turned over a new leaf.*

contre-courant
Il est souvent difficile d'aller à contre-courant. – *It is often difficult to go against the tide.*

conversation
Il a de la conversation. – *He's a good conversationalist.*

cotiser (se)
Nous allons nous cotiser pour lui faire un cadeau. – *We are going to pass the hat for him.*

coude
Il faut que nous nous serrions les coudes. – *We must stick together.*
Ils sont au coude-à-coude (= à égalité). – *They are neck and neck.*

coupe
Elle est sous sa coupe. – *She's under his thumb.*

courant
Le courant est tout de suite passé entre eux. – *They hit it off right away.* = *They clicked right away.*

cracher
Ne crache pas dans la soupe. – *Don't bite the hand that feeds you.*

crier
Ce n'est pas la peine de le crier sur les toits. – *There's no need to broadcast it (= ... to proclaim it from the rooftops).*

démêlé
Il a eu des démêlés avec la justice. – *He has fallen foul of the law.*

désir
Tes désirs sont des ordres. – *Your wish is my command.*

détonner
Tu vas détonner dans le tableau. – *You're going to stick out like a sore thumb.*

distance
Il me tient soigneusement à distance. – *He keeps me at arm's length.*

diviser
Ils devraient adopter la stratégie de « diviser pour régner ». –
They should adopt the "divide and rule" strategy.

doigt
Elle lui obéit au doigt et à l'œil. – *She's at his beck and call.*
Il ne lèverait pas le petit doigt pour t'aider. – *He wouldn't lift
a finger to help you.*
Vous lui donnez le doigt, et il vous prend le bras. – *Give him
an inch and he'll take a yard (= a mile).*

échapper (l') belle
On l'a échappé belle ! – *It was a close shave! (... = a near
thing!)*

engrenage
Je ne veux pas être pris dans l'engrenage. – *I don't want to get
caught up in the system.*

enseigne
Nous sommes logés à la même enseigne. – *We are in the same
boat.*

Ève
Je ne le connais ni d'Ève ni d'Adam. – *He's an utter stranger
to me. = I don't know him frosm Adam.*

fait et cause
Il a pris fait et cause pour moi quand cela s'est produit. – *He
went bat for me when this happened.*

feu
Elle m'a donné le feu vert. – *She has given me the go-ahead.*
Il est sous les feux de la rampe. = Il est sur le devant de la
scène. – *He's in the limelight. = He's in the public eye.*

ficelle
C'est lui qui tire les ficelles. – *He's running the show.*

fin (au plus)
Il a essayé de jouer au plus fin avec moi. – *He tried to outsmart
me.*

flammes (descendre en)
Les critiques ont descendu en flammes le nouveau film. – *The critics have torn the new film to pieces.*

fréquenter
Dis-moi qui tu fréquentes, je te dirai qui tu es. – *A man is known by the company he keeps.*

galerie
Il pose pour la galerie. – *He's playing to the gallery.*

gant
Tu ferais mieux de prendre des gants avec lui. – *You'd better handle him with kid gloves.*

garder
Garde ça pour toi. – *Keep it under your hat.*

gêner (se)
Ne vous gênez pas ! – *Be my guest!*

graine
Tu devrais en prendre de la graine. – *You should take a leaf out of his (her) book.*

herbe
L'herbe est toujours plus verte dans le jardin du voisin. – *The grass is always greener on the other side of the fence.*
Je ne veux pas lui couper l'herbe sous les pieds. – *I don't want to cut the ground from under his feet.*

imposer (s')
Il s'est imposé dans le domaine du journalisme. – *He has made his mark in the field of journalism.*

intention
C'est l'intention qui compte. – *It's the thought that counts.*

jambe
Elle m'a traité par-dessous la jambe. – *She treated me offhandedly.*

jaser
Ça commence à jaser. – *Tongues are beginning to wag.*

jeu
Je ne veux pas entrer dans son jeu. – *I don't want to play along with him.*
Le jeu n'en vaut pas la chandelle. – *The game is not worth the candle.*
C'est lui qui mène le jeu. – *He's calling the shots.*

justice
On n'est pas censé se faire justice soi-même. – *You are not supposed to take the law into your own hands.*

langue
Elle a la langue bien pendue. – *She has the gift of the gab.*
Elle a une langue de vipère. – *She has a venomous tongue.* = *She's a spiteful gossip.*
Elle n'a pas la langue dans sa poche. – *She's never at a loss for words.*

larron
Ils s'entendent comme larrons en foire. – *They are as thick as thieves.* = *They get on like a house on fire.*

lécher
Il ne cesse de lui lécher les bottes (le cul [vulg.]). – *He keeps licking his boots (his arse).*

lèvre
Elle était pendue à ses lèvres. – *She was hanging on his every word.*

loi
Nul n'est censé ignorer la loi. – *Ignorance of the law is no excuse.*

loup
Quand on parle du loup (on en voit la queue). – *Talk of the devil (and he will appear).*
L'homme est un loup pour l'homme. – *It's dog eat dog in this world.*

lune
Ne demande pas la lune. – *Don't cry for the moon.*

main
Il faut avoir une main de fer dans un gant de velours. – *You must have an iron hand in a velvet glove.*

manger
Il mange à tous les râteliers. – *He has a finger in every pie.*

manteau
Tu peux acheter cela sous le manteau. – *You can buy this under the counter.*

mèche
Il est de mèche avec elle. – *He's in league with her.*
Ils sont de mèche. – *They are hand in glove.*

mêlée
Il veut rester au-dessus de la mêlée. – *He wants to remain aloof from the fray.*

monde
Il faut de tout pour faire un monde. – *It takes all sorts to make a world.*

monnaie
Je lui rendrai la monnaie de sa pièce. – *I'll pay him in his own coin.*

motus
Motus et bouche cousue. – *Mum's the word.*

mouton
C'est un mouton de Panurge. – *He follows the herd. = He swims with the tide.*

mouvement
Puis ils ont tous suivi le mouvement (= fait pareil). – *Then they all followed suit.*

mur
Les murs ont des oreilles. – *Walls have ears.*

nombreux
Plus on est nombreux, moins il y a de risques. – *There is safety in numbers.*

nue
Elle l'a porté aux nues. – *She praised him to the skies.*

œil
Il a vu ma décision d'un mauvais œil. – *He took a dim view of my decision.*

ombre
Il a préféré rester dans l'ombre. – *He preferred to stay in the background.*

oreille
Il a fait la sourde oreille lorsque je lui ai fait part de ma requête. – *He turned a deaf ear to my request.*
Ses oreilles doivent tinter. – *His ears must be burning.*

papier
Elle est dans ses petits papiers. – *She is in his good books.*

partie
Pas aujourd'hui, mais ce n'est que partie remise. – *Not today, but I'll take a rain check.*

perle
Cela revient à jeter des perles aux cochons. – *It's like casting pearls before swine.*

pied
Il est sur un pied d'égalité avec elle. – *He is on an equal footing with her.*

piston
Il a obtenu le poste par piston. – *He got the job through a bit of string-pulling.*

pluie
C'est lui qui fait la pluie et le beau temps. – *He rules the roost.*

poli
Soyez poli ! – *Keep a civil tongue in your head!*

prendre (s'y)
Il sait s'y prendre avec les jeunes. – *He has a way with young people.*

présentation
Laissez-moi faire les présentations. – *Let me do the honours.*

prêté
C'est un prêté pour un rendu. – *It's just tit for tat.*

procédé
C'est un échange de bons procédés. – *One good turn deserves another.* = *You scratch my back and I'll scratch yours.*

prophète
Nul n'est prophète en son pays. – *No man is a prophet in his own land.*

quatre
Il s'est mis en quatre pour nous aider. – *He put himself out to help us.* = *He went out of his way to help us.* = *He bent over backwards to help us.*

rajouter (en)
Il en a rajouté (dans la flagornerie). – *He laid it on thick.*

ressembler (se)
Qui se ressemble s'assemble. – *Birds of a feather flock together.*

rouage
Je ne suis qu'un rouage. – *I'm just a cog in the machine.*

roue
J'ai l'impression d'être la cinquième roue du carrosse. – *I feel like a fifth wheel.*

ruisseau
Ils l'ont sorti du ruisseau. – *They picked him up out of the gutter.*

sac
Tu ne devrais pas les mettre dans le même sac. – *You shouldn't lump them together.*

savoir (se)
Tout cela finira par se savoir. – *It'll all come out in the wash.*

secret
C'est un secret de Polichinelle. – *It's an open secret.*
Il m'a mis dans le secret. – *He let me in on the secret.*

seigneur
À tout seigneur tout honneur. – *Honour to whom honour is due.*

sensation
Le film a fait sensation. – *The film made quite a splash.*

sien
Il faut y mettre du sien de part et d'autre. – *There has to be a bit of give-and-take.*

souris
J'aimerais être une petite souris. – *I wish I were a fly on the wall.*

succès
Il n'a jamais connu de gros succès [acteur, chanteur]. – *He's never hit the big time.*

sucre
Il passe son temps à casser du sucre sur ses amis. – *He keeps running down his friends.*

tableau
Il joue sur les deux tableaux. – *He's playing both sides.*

terrain
Cette tendance gagne du terrain. – *This trend is gaining ground (= … is gaining momentum).*

ton
Ces stylistes ont donné le ton dans les années 1990. – *Those designers set the pace in the 90s.*

Chapitre 7

Problèmes et conflits
Problems and conflicts

agresser
Ne m'agresse pas ! – *Dont jump down my throat!*

ami
C'est dans l'adversité que l'on reconnaît ses vrais amis. – *A friend in need is a friend indeed.*

anguille
Il doit y avoir anguille sous roche. – *There must be something in the wind. = There must be a catch to it.*

apprendre
Ça lui apprendra. – *That will teach him a thing or two.*

attendre
Elle ne sait pas ce qui l'attend. – *She doesn't know what's in store for her.*

autorité
Il a fallu que je joue de mon autorité auprès de lui. – *I had to pull rank on him.*

avancer
On n'avance à rien. – *We're getting nowhere.*

bagarre
Il cherchait la bagarre. – *He was spoiling for a fight.*

barder

Ça va barder ! – *There'll be hell to pay!* = *The shit is going to hit the fan!* [vulg.]

basket

Lâche-moi les baskets ! – *Get off my back!*

bateau

Tu me mènes en bateau ! – *You're pulling my leg!* = *You're putting me on!* = *You're taking me for a ride!*

bâton

Il m'a mis des bâtons dans les roues. – *He put a spoke in my wheel.*

battre (se)

Il se bat contre des moulins à vent. – *He's tilting at windmills.*

bébé

On m'a refilé le bébé. – *I've been left holding the baby.*

bec

Je me suis retrouvé le bec dans l'eau. – *I was left high and dry.* = *I was left in the lurch.*

bêtise

Il y a des chances que les enfants fassent leurs bêtises habituelles. – *The children are likely to get up to their usual monkey business.*

blague

Il m'a fait une sale blague. – *He played a practical joke on me.*

bois

Je vais lui montrer de quel bois je me chauffe. – *I'll show him whom he's dealing with.*

boîte

Vous risquez d'ouvrir la boîte de Pandore. – *You're likely to open up a can of worms* (= ... *to open Pandora's box*).

borne

Cette attitude dépasse les bornes. – *This attitude is beyond the pale.*

Il a dépassé les bornes cette fois-ci. – *He has overstepped the mark this time.*

bouchée

Il ne fera qu'une bouchée de son adversaire. – *He will make short work of his opponent.*

bouquet

C'est le bouquet ! – *That's the last straw!* = *That takes the biscuit!* [GB] = *That takes the cake!* [USA] = *That tops it all!*

bras

Il m'a fait un bras d'honneur. – *He gave me the finger.*

brosser (se)

Tu peux te brosser ! [fam.] – *You can whistle for it!* = *Fat chance!*

caquet

Je vais lui rabattre son caquet ! – *I'm going to take him down a peg or two!*

carotte

Les carottes sont cuites. – *The jig's up.*

carreau

Il ferait bien de se tenir à carreau. – *He'd better keep his nose clean.* [malfaiteur] = *He'd better keep a low profile.* = *He'd better play it safe.* = *He'd better mind his Ps and Qs.*

catastrophe

Il court à la catastrophe. – *He's heading for disaster.*

La catastrophe est inévitable pour l'entreprise. – *The writing is on the wall for the company.*

chance

Il n'a pas la moindre chance. – *He hasn't got the ghost of a chance.* = *The dice are loaded against him.*

Charybde
Il tombe de Charybde en Scylla. – *He's out of the frying pan into the fire.*

chat
Ne réveillez pas le chat qui dort. – *Let sleeping dogs lie.*

chef
Il aime jouer au petit chef. – *He likes throwing his weight around.*

chercher
Il l'a bien cherché. – *He asked for it.*

chignon
Elles passent leur temps à se crêper le chignon. – *They're constantly at each other's throats.*

cloche
Il m'a sonné les cloches. – *He took me to task.*

compte
J'ai un compte à régler avec lui. – *I have a bone to pick with him. = I have a score to settle with him.*
Son compte est bon. – *His number's up.*

contrecarrer
J'ai peur que cela ne contrecarre mes plans. – *I'm afraid it may queer my pitch.*

coton
Ça va être coton. = Ça ne va pas être du gâteau. – *It will be a tough (= hard) nut to crack.*

couleur
Ils m'en ont fait voir de toutes les couleurs. – *They gave me a hard time.*

coup de Jarnac
Ce fut un coup de Jarnac. – *It was a stab in the back.*

couteau
Tu me mets le couteau sous la gorge. – *You're holding a gun to my head.*

Ne me mets pas le couteau sous la gorge ! – *Don't put the squeeze on me!*

Ils sont à couteaux tirés. – *They are at daggers drawn. = They are at loggerheads. = It's war to the knife between them.*

croix

Tu peux faire une croix sur cet argent. – *You can kiss the money good-bye.*

C'est la croix et la bannière. – *It's like pulling teeth.*

crosse

Il est continuellement en train de chercher des crosses à son patron. – *He's always trying to pick an argument with his boss.*

dé

Les dés sont pipés. – *The dice are loaded.*

déménager

Ils ont déménagé à la cloche de bois. – *They did a moonlight flit.*

dessus

Il a pris le dessus à la fin du match. – *He got the upper hand at the end of the match.*

dialogue

Entre les syndicats et le gouvernement, c'est un dialogue de sourds. – *The unions and the government are talking at cross-purposes.*

dos

Elle a le dos au mur. – *She has her back to the wall.*

Je ne veux pas me mettre le patron à dos. – *I don't want to antagonise the boss.*

Il s'est mis tout le monde à dos. – *He has turned everybody against him.*

N'essaie pas de me coller ça sur le dos. – *Don't try to pin the blame on me.*

J'ai constamment mon patron sur le dos. – *My boss is always breathing down my neck.*

douche

Cela fit l'effet d'une douche froide. – *It put a damper on things.*

drap

Nous sommes dans de beaux draps maintenant. – *We're in a fine mess now.*

dures

Il en a vu de dures. – *He's been through the mill.*

Il m'en a fait voir de dures quand il était enfant. – *He put me through the mill when he was a child.*

eau

Il y a de l'eau dans le gaz. – *There's tension in the air.*

Il faut se méfier de l'eau qui dort. – *Still waters run deep.*

Tous mes projets tombent à l'eau. – *All my plans are coming apart at the seams.*

Ça s'est terminé en eau de boudin. – *It fizzled out.*

embarras

Il m'a finalement tiré d'embarras. – *He finally got me off the hook.*

Cela me tire d'embarras. – *That lets me off the hook.*

embrouille

Ça sent l'embrouille. – *I smell a rat.*

enfer

Après, il a vécu l'enfer. – *Then he went through hell.*

L'enfer est pavé de bonnes intentions. – *The road to hell is paved with good intentions.*

entendeur

À bon entendeur, salut. – *A word to the wise is enough.*

envoyer balader

Je l'ai envoyé balader. – *I sent him packing.*

épine

Vous m'avez ôté une épine du pied. – *You've taken a thorn out of my flesh.*

épingle

Les journalistes ont essayé de monter la chose en épingle.
– *The journalists tried to play it up.*

fait

C'est bien fait pour toi ! – *It serves you right!*

fête

Ça sera ta fête s'il l'apprend. – *You'll catch it if he finds out.*

feu

Tu ne devrais pas jouer avec le feu. – *You shouldn't play with fire.*

Cela pourrait mettre le feu aux poudres. – *That could set off the powder keg.*

figure

Je vais lui casser la figure. – *I'm going to smash his face in.*

fin

C'est la fin des haricots pour lui. – *He's had it.* = *It's all up with him.*

foire

C'est la foire ici ! – *It's absolute bedlam here!*

forcer

Ne me forcez pas la main ! – *Don't twist my arm!*

frais

C'est moi qui ai fait les frais de la plaisanterie. – *The laugh was on me.*

fumée

Nos projets sont partis en fumée. – *Our plans have gone up in smoke.*

goutte

C'est la goutte d'eau qui fait déborder le vase. – *That's the straw that breaks the camel's back.*

Ce n'est qu'une goutte d'eau dans la mer. – *It's just a drop in the ocean (= a drop in the bucket).*

griffe
Elle est tombée entre ses griffes. – *She has fallen into his clutches.*

grive
Faute de grives, on mange des merles. – *Half a loaf is better than no bread.*

gueule
Il fait la gueule [vulg.]. – *He's pissed off.*
Il a fait une sale gueule quand il a appris la nouvelle. – *He pulled a long face when he heard the news.*
Je ne veux pas me jeter dans la gueule du loup. – *I don't want to walk into the lion's den.*

hache
Enterrons la hache de guerre. – *Let's bury the hatchet.*

histoire
Ils vont encore faire des histoires. – *They're going to kick up a fuss again.*
N'en fais pas tant d'histoires ! – *Don't make such a fuss about it! = Don't make such a song and dance about it!*
Il n'y a pas de quoi en faire toute une histoire. – *It's no big deal.*

holà
Nous devrions y mettre le holà. – *We should blow the whistle on that.*

huile
Je ne veux pas ajouter de l'huile sur le feu. – *I don't want to add fuel to the fire.*

impasse
Nous sommes dans une impasse. – *We've come to a dead end.*

lapin
J'espère qu'elle ne me posera pas un lapin. – *I hope she won't stand me up.*

leçon
Que ça te serve de leçon ! – *Let that be a warning to you!*

livré
Il fut livré à lui-même. – *He was left to his own devices.*

loup
Cela revient à enfermer le loup dans la bergerie. – *It's like setting the fox to mind the geese.*

main
Il a été pris la main dans le sac. – *He was caught red-handed.*
= *He was caught in the act.*
Ils en sont venus aux mains. – *They came to blows.*

mal, maux
Quand tout va mal… – *When the chips are down…*
Aux grands maux, les grands remèdes. – *Desperate times, desperate measures.*
De deux maux il faut choisir le moindre. – *One must choose the lesser of two evils.*

malheur
À quelque chose malheur est bon. – *Every cloud has a silver lining.*
Un malheur n'arrive jamais seul. – *It never rains but it pours.*

manquer
Il ne manquait plus que ça ! – *I need this like a hole in the head!*

mèche
J'espère qu'il ne vendra pas la mèche. – *I hope he won't let the cat out of the bag.* = *I hope he won't spill the beans.*

merde
Nous sommes dans la merde. [vulg.] – *We're up shit creek without a paddle.*

meuble
Il faut que tu essaies de sauver les meubles. – *You must try to cut your losses.*

mieux
Le mieux est l'ennemi du bien. – *Let well enough alone.*

montagne
Tu ne devrais pas en faire une montagne. – *You shouldn't make a mountain out of a molehill.*

mort
Il sera responsable de ma mort ! – *He'll be the death of me!*

mouche
Ils tombent comme des mouches. – *They're dropping like flies.* [pr. et fig.]

mur
C'est comme si l'on parlait à un mur. – *It's like getting blood out of a stone.*

nécessité
En cas de nécessité (= de force majeure), nous serons obligés de faire cela. – *If push comes to shove, we'll have to do that.* Nécessité fait loi. – *Necessity knows no law.*

nez
Il m'a dans le nez. – *He has it in for me.*
Elle le mène par le bout du nez. – *She twists him round her little finger.*
Je ne veux pas qu'il fourre son nez dans mes affaires. – *I don't want him to poke his nose into my affairs.*
Il m'a ri au nez. – *He laughed in my face.*

nouvelles
Tu auras de mes nouvelles ! – *You'll be hearing from me!*

œil
Œil pour œil, dent pour dent. – *An eye for an eye, and a tooth for a tooth.*

œuf
Nous marchons sur des œufs. – *We're skating on thin ice.* = *We're walking on eggshells.* = *We're walking a tightrope.*
Va te faire cuire un œuf ! – *Go jump in the lake! = Go fly a kite!*

oignon
Occupe-toi de tes oignons ! – *Mind your own business!* = *Mind your own beeswax!*

ombre
C'est la seule ombre au tableau. – *That is the only fly in the ointment.*

pagaïe
Ne sème pas la pagaïe [dans un système qui marche]. – *Don't rock the boat.*
Ç'a été une pagaïe noire. – *All hell broke loose.*

paradis
Tu ne l'emporteras pas au paradis ! – *You won't get away with it!*

parler
Il a trouvé à qui parler. – *He's met his match.*

passe
Il est dans une mauvaise passe. – *He's down on his luck.*

payer
Tu vas le payer cher ! – *You will pay dearly for that!*

peinture
Je ne peux pas le voir en peinture. – *I hate the sight of him.*
Ils ne peuvent pas se voir en peinture. – *There's no love lost between them.*

perdre
Il m'a fait perdre mon temps. – *He sent me on a wild goose chase.*
C'est perdu d'avance. – *You're fighting a losing battle.*

perte
Si on le laisse faire, il court à sa perte. – *Give him enough rope, and he will hang himself.*

peste
Je l'évite comme la peste. – *I avoid him like the plague.*

pétrin
Nous sommes dans le pétrin. – *We're in the soup* (= ... *in a mess* = ... *in a fix* = ... *in a jam*).

pied
Il me casse les pieds. – *He gets my goat.* = *He's a pain in the neck.*
Elle a mis les pieds dans le plat. – *She put her foot in it.*

pierre
C'est une pierre dans mon jardin. – *That's a dig at me.*

pilule
La pilule est dure à avaler. – *It's a bitter pill to swallow.*

piste
Ils sont sur une mauvaise piste. – *They are following a false scent.*

plate-bande
Il marche sur mes plates-bandes. – *He's encroaching on my turf.*
Ne marche pas sur mes plates-bandes ! – *Stay off my turf!*

poids
Il ne fait pas le poids par rapport à son adversaire. – *He's no match for his opponent.*

pomme
C'est une pomme de discorde entre eux. – *It's a bone of contention between them.*

pot
Nous aurons à payer les pots cassés. – *We'll have to pick up the tab.* [pr.] / *We'll have to pick up the pieces.* [fig.]

prendre
Cela ne prendra pas avec elle. – *That won't cut any ice with her.*

quadrature
C'est la quadrature du cercle. – *It's like trying to square the circle.*

quarantaine
Il est en quarantaine. – *He's in the doghouse.*

qui-vive
Tu ferais mieux d'être sur le qui-vive. – *You'd better be on your toes.*

raccrocher (se)
Il se raccroche à n'importe quoi. – *He's clutching at straws.*

raison
La raison du plus fort est toujours la meilleure. – *Might makes right.*

rancune
Sans rancune ! – *No hard feelings!*

récolter
On ne récolte que ce qu'on sème. – *You reap what you sow.*

rire
Rira bien qui rira le dernier. – *He who laughs last laughs best.*

sauver
Il réussit à sauver la situation (= sauver la mise). – *He managed to save the day.*
Je fus sauvé par le gong. – *I was saved by the bell.*

savon
Ils lui ont passé un savon. – *They hauled him over the coals.*
Il m'a passé un savon. – *He gave me hell.*

scandale
Il a crié au scandale parce que le vin était bouchonné. – *He kicked up a stink because the wine was corked.*

sentier
Il est sur le sentier de la guerre. – *He's on the warpath.*

système
Il me tape sur le système. – *He gets under my skin.*

tabac
Ils l'ont passé à tabac. – *They beat him up. = They beat the hell out of him. = They worked him over. = They gave him the works.*

talon

C'est son talon d'Achille. – *It's his Achilles' heel.*

tempête

Il faudra que nous bravions la tempête. – *We'll have to face the music.*

C'est une tempête dans un verre d'eau. – *It's a storm in a teacup.* [GB] = *It's a tempest in a teapot.* [USA]

terre

Cela risque de tout flanquer par terre. – *That may upset the applecart.* = *That may put a spanner in the works.*

tête

Des têtes vont tomber. – *Heads will roll.*

tollé

Il y aura un tollé général. – *There will be a great outcry* (= *a great hue and cry*).

tomber

Ma plaisanterie est tombée à plat. – *My joke fell flat.*

torchon

Le torchon brûle entre eux. – *There's bad blood between them.*

tour

Mon ordinateur me joue des tours. – *My computer is acting up.*

triste

Ça ne va pas être triste s'il apprend ça. – *There will be some fun and games if he hears about it.*

trop

Trop, c'est trop ! – *Enough is enough!*

vau-l'eau (à)

Les choses vont à vau-l'eau. – *Things are going downhill.*

veilleuse

Mets-la en veilleuse ! – *Pipe down!*

Chapitre 8

Le temps, l'âge et l'expérience
Time, age and experience

âge
Elle ne fait pas son âge. – *She doesn't look her age.*
Il avance en âge. – *He's getting on in years.*
À son âge il devrait être plus raisonnable. – *He's old enough to know better.*
Il est à l'âge ingrat. – *He has reached the awkward age.*
L'enfant a atteint l'âge de raison. – *The child has reached the age of reason.*

alouette
Il attend que les alouettes lui tombent toutes rôties dans le bec. – *He expects things to fall into his lap.*

apprendre
On apprend à tout âge. – *You live and learn.*

attendre
Il attend son heure. – *He's biding his time.*

auberge
On n'est pas sorti de l'auberge. – *We're not out of the wood yet.*

aussitôt
Aussitôt dit, aussitôt fait. – *No sooner said than done.*

avance
Tu devrais t'y prendre à l'avance. – *You should plan ahead.*

avant-garde
Ils sont à l'avant-garde du progrès. – *They are in the vanguard of progress.*

avenir
Je me demande ce que l'avenir nous réserve. – *I wonder what the future holds in store for us.*
L'avenir appartient à ceux qui se lèvent tôt. – *The early bird catches the worm.*

bail
Ça fait un bail ! – *It's been ages! = Long time no see!* [fam.]

balbutiement
Cette technique en est encore à ses premiers balbutiements. – *This technique is still in its infancy.*

baptême
J'ai subi mon baptême du feu ce jour-là. – *I underwent my baptism of fire on that day.*

beau
C'est trop beau pour être vrai. – *It's too good to be true.*

bombe
La nouvelle a fait l'effet d'une bombe. – *The news came as a bolt from the blue (= ... as a bombshell).*

bosse
Il a roulé sa bosse. – *He has knocked about the world. = He's been around.*

calendes
Cela a été renvoyé aux calendes grecques. – *It's been put off indefinitely.*

cent sept ans
Je ne vais pas attendre cent sept ans ! – *I'm not going to wait forever!*

chance
À chacun vient sa chance. – *Every dog has his day.*

cinquantaine
Il a largement dépassé la cinquantaine. – *He's well into his fifties.*

clin
Il l'a fait en un clin d'œil. – *He did it in the twinkling of an eye.*

commencement
Commençons par le commencement. – *First things first.*

compter
Ses jours sont comptés. – *His days are numbered.*

coup
Il est dans le coup (= à la page). – *He's with it.*

courir
Rien ne sert de courir, il faut partir à point. – *Slow and steady wins the race.*

course
C'est une course contre la montre. – *It's a race against time.*

coutume
Une fois n'est pas coutume. – *Just the once will not hurt.* = *Once in a while does no harm.*

demain
Ce n'est pas pour demain. – *It's not just around the corner.*

demander
Je demande à voir ! – *That'll be the day!*

empreinte
Cet événement l'a marqué de son empreinte. – *That event has left its stamp on his mind.*

encroûter (s')
Il s'est encroûté dans ses habitudes. – *You can't teach an old dog new tricks.*

entendre
Tu n'as pas fini d'en entendre parler ! – *You haven't heard the last of it!*

épée

C'est une épée de Damoclès au-dessus de sa tête. – *It's hanging over his head.*

éternité

Cela va prendre une éternité. – *It'll take forever!*

fait

Ce qui est fait est fait. – *It's no use crying over spilt milk.*

fer

Il faut battre le fer tant qu'il est chaud. – *Make hay while the sun shines. = Strike while the iron is hot.*

fin (mettre fin à)

Puis il mit fin à ses jours. – *Then he took his own life.*

fleur

Elle est dans la fleur de l'âge. – *She's in the prime of life.*

fontaine

Il ne faut pas dire « fontaine, je ne boirai pas de ton eau ». – *Never say never.*

friser

Il doit friser la soixantaine. – *He must be pushing sixty.*

gravé

Cet événement est gravé dans ma mémoire. – *That event is engraved in my memory.*
Cela m'est resté gravé à l'esprit. – *It stuck in my mind.*

guerre

À la guerre comme à la guerre. – *You have to take the rough with the smooth.*

haut

La popularité connaît des hauts et des bas. – *Popularity has its ups and downs.*

Hérode

C'est vieux comme Hérode. – *It's as old as the hills.*

heure
Ça t'a pris des heures ! – *You've taken ages!*

histoire
C'est de l'histoire ancienne. – *It's a thing of the past.*

in extremis
Ils ont eu le train *in extremis*. – *They caught the train by the skin of their teeth.*

jeu (vieux)
Cela doit te paraître vieux jeu. – *That must seem old hat to you.*

jeunesse
Elle n'est plus de première jeunesse. – *She's past her prime.* = *She's no spring chicken.* = *She's over the hill.* [fam.]
Il faut bien que jeunesse se passe. – *Youth will have its fling.*
Si jeunesse savait, si vieillesse pouvait. – *Youth is wasted on the young.*

jour
À chaque jour suffit sa peine. – *Tomorrow is another day.*

lendemain
Il ne faut pas remettre au lendemain ce qu'on peut faire le jour même. – *Never put off till tomorrow what can be done today.*

lurette
Je ne l'ai pas vu depuis belle lurette. – *I haven't seen him for ages (= … for donkey's years* [GB]*).*

minute
Minute, papillon ! – *Hang on a minute!* = *Hold your horses!* = *Keep your shirt on!*

mois
Cela se produit tous les trente-six du mois. – *It happens only once in a blue moon.*

moment
Je n'ai pas un moment à moi. – *I don't have a moment to spare.*

Il sait attendre le bon moment. – *He knows how to bide his time.*

nez
Ça te pend au bout du nez. – *You've got it coming to you.*

nouvelles
Pas de nouvelles, bonnes nouvelles. – *No news is good news.*

nuit
Cela se perd dans la nuit des temps. – *It is lost in the mists of time.*

œuf
L'initiative fut étouffée dans l'œuf. – *The initiative was nipped in the bud.*

ordre
C'est dans l'ordre des choses. – *It's one of those things.*

passé
Oublions le passé. – *Let bygones be bygones.*
Il se complaît dans le passé. – *He dwells on the past.*

pièce
On n'est pas aux pièces ! – *There's no rush!*

pied
Je ne veux pas faire le pied de grue. – *I don't want to stand around waiting.*

pierre
C'est à marquer d'une pierre blanche. – *That's one for the books. = That's a turnup for the book.*

point
Il est arrivé à point nommé. – *He showed up in the nick of time.*

poule
Quand les poules auront des dents ! – *Pigs might fly!*

rappeler
Ça te rappelle quelque chose ? – *Does it ring a bell?*

repartir
Il a décidé de repartir de zéro. – *He has decided to make a fresh start.*

retourner (se)
Il se retournerait dans sa tombe s'il apprenait ça. – *He would turn over in his grave if he heard about it.*

revenir
On ne peut pas revenir en arrière. – *You can't turn back the clock.*

ruisseau
Les petits ruisseaux font les grandes rivières. – *Great oaks from little acorns grow.*

saint-glinglin
Il le fera à la saint-glinglin ! – *He'll do it when hell freezes over!*

sonné
Elle a cinquante ans bien sonnés. – *She's fifty if she's a day.*

sort
Le sort en est jeté. – *The die is cast.*

souvenir
Nous avons évoqué des souvenirs hier soir. – *We took a walk down memory lane last night.*

tard
Mieux vaut tard que jamais. – *Better late than never.*

tarder
Il me tarde de la revoir. – *I'm looking forward to seeing her again. = I can't wait to see her again.*

temps
Par les temps qui courent, mieux vaut faire attention. – *In this day and age, you should be careful.*
On ne peut pas arrêter le temps. – *Time and tide wait for no man.*
Chaque chose en son temps. – *Everything in good time. = Don't cross your bridges before you get to them.*
J'ai du temps devant moi. – *I've got time on my hands.*

J'ai tout le temps devant moi. – *I have all the time in the world.*
Le temps guérit tout. – *Time heals all wounds.* = *Time is a great healer.*
Autres temps, autres mœurs. – *Other times, other ways.*
Il faut laisser le temps au temps. – *Rome wasn't built in a day.*
C'était le bon temps. – *Those were the days.*
Il faut vivre avec son temps. – *You have to keep up with the times.*
Il a fait son temps. – *He's had his day.*

tolérant
Il faut se montrer tolérant. – *Live and let live.*

tomber
Ça tombe à pic. – *That's perfect timing.*

tôt
Le plus tôt sera le mieux. – *The sooner, the better.*

vent
Le vent est en train de tourner. [fig.] – *The tide is turning.*

vérité
La vérité sort de la bouche des enfants. – *Out of the mouths of babes and sucklings (comes forth the truth).*

vie
C'est la vie. – *Such is life.* = *That's the way the cookie crumbles.*
La vie n'est pas toujours une partie de plaisir. – *Life isn't always a bed of roses.*
Tant qu'il y a de la vie, il y a de l'espoir. – *Where there is life, there is hope.*
Cela fait partie de la vie. – *That's the way it goes.*

vivre
Qui vivra verra. – *Time will tell.*

Chapitre 9

La vie de famille
Family life

attendre
Elle attend un enfant. – *She's expecting.*

boulet
John est un boulet pour son père. – *John is a millstone round his father's neck.*

cadavre
Cette famille cache un cadavre dans le placard. – *This family has a skeleton in the cupboard.*

canif
Il donne parfois un coup de canif dans le contrat. – *He sometimes has a bit on the side.*

convoler
Ils ont décidé de convoler en justes noces. – *They have decided to tie the knot.*

culotte
C'est elle qui porte la culotte. – *She wears the trousers.* [GB] = *She wears the pants.* [USA]

demande
Je vais faire ma demande (en mariage) ce soir. – *I'm going to pop the question tonight.*

dure (à la)
Il a été élevé à la dure. – *He has been brought up the hard way.*

famille
Cela tient de famille. – *It runs in the family.*

honte
John est la honte de la famille. – *John is a disgrace to his family.*

jupe
Cet enfant est pendu aux jupes de sa mère. – *This child is tied to his mother's apron-strings.*

linge
Ils devraient laver leur linge sale en famille. – *They should wash their dirty linen at home.* = *They shouldn't wash their dirty linen in public.*

mariage
Il a fait un riche mariage. – *He married into a wealthy family.*
Le mariage a été précipité. – *It was a shotgun wedding.*

marier (se)
Ils se sont mariés à l'église. – *They had a church wedding.*
Ils se sont mariés dans l'intimité. – *They had a quiet wedding.*
Puis ils se marièrent et eurent beaucoup d'enfants. – *And they lived happily ever after.*

meuble
Il considère Jane comme faisant partie des meubles. – *He takes Jane for granted.*

père
Tel père, tel fils. – *Like father, like son.*

Chapitre 10

Personnalité et caractère
Personality and character

atome
J'ai des atomes crochus avec elle. – *I get good vibes from her.*
[fam.]

autruche
Il pratique la politique de l'autruche. – *He buries his head in the sand.*

avaler
Il a avalé son parapluie. – *He's a stuffed shirt.*

bon Dieu
On lui donnerait le bon Dieu sans confession. – *He (she) looks as if butter wouldn't melt in his (her) mouth.*

chandelle
Il brûle la chandelle par les deux bouts. – *He burns the candle at both ends.*

château
Il bâtit des châteaux en Espagne. – *He builds castles in the air.*

cœur
Elle a un cœur en or (>< de pierre). – *She has a heart of gold (>< of stone).*
Il a le cœur sur la main. – *His heart is in the right place.*
Je le connais par cœur. – *I know him through and through.*

coquille
Elle sort peu à peu de sa coquille. – *She's gradually coming out of her shell.*

craché
C'est lui tout craché. – *That's him all over.*

cuisse
Il se croit sorti de la cuisse de Jupiter. – *He thinks he's God's gift to mankind.* = *He thinks he's it.*

culot
Elle a un culot d'enfer. – *She's as bold as brass.*
Il ne manque pas de culot ! – *He's got quite a nerve!*

curiosité
La curiosité est un vilain défaut. – *Curiosity killed the cat.*

désir
Il a tendance à prendre ses désirs pour des réalités. – *He is likely to indulge in wishful thinking.*

doux
Il est doux comme un agneau. – *He's as gentle as a lamb.*

étoffe
Il a l'étoffe d'un chef. – *He has the makings of a leader.*

étoile
Elle est née sous une bonne (>< mauvaise) étoile. – *She was born under a lucky (>< unlucky) star.*

fier
Il était fier comme Artaban. – *He was as proud as a peacock.*

fond
Il a bon fond. – *He's basically a good person.*

fortune
La fortune sourit aux audacieux. – He who hesitates is lost.

fou
Il est fou à lier. – *He's stark raving mad.* = *He's as mad as a hatter* (= *... as a March hare*).

gai
Il est gai comme un pinson. – *He's as happy as a lark.*

goût
Chacun ses goûts. – *To each his own.*
Les goûts et les couleurs, ça ne se discute pas. – *There's no accounting for taste.*

habitude
Les vieilles habitudes ont la vie dure. – *Old habits die hard.*

idée
Il a les idées larges (>< les idées étroites). – *He's broad-minded (>< narrow-minded).*

jour
Il s'est montré sous son vrai jour. – *He showed his true colours.*

longueur
Nous ne sommes pas sur la même longueur d'onde. – *We're not on the same wave-length.*

lune
Il est dans la lune. – *He's absent-minded.*

mal
Il ne ferait pas de mal à une mouche. – *He wouldn't hurt (= harm) a fly.*

malin
Il est malin comme un singe. – *There are no flies on him.*

manie
Il a ses petites manies. – *He's set in his ways.*

mentir
Il ment comme un arracheur de dents. – *He's a compulsive liar.*

moulin
C'est un moulin à paroles. – *He talks a mile a minute.*

naturel
Chassez le naturel, il revient au galop. – *What's bred in the bone comes out in the flesh. = A leopard can't change its spots.*

nerf
Elle a des nerfs d'acier. – *She has nerves of steel.*

nombril
Il se prend pour le nombril du monde. – *He's too big for his boots.*

nuage
Elle est dans les nuages. – *She has her head in the clouds.*

oisiveté
L'oisiveté est la mère de tous les vices. – *The devil finds work for idle hands.*

ours
Il est un peu ours. – *He's a bit of a bear.*

partant
Il est toujours partant. – *He's game for anything.*

patience
Il a une patience d'ange. – *He has the patience of Job.*

peau
Il est bien dans sa peau. – *He's happy with himself.* = *He has it together.*

permis
Il se croit tout permis. – *He takes too much for granted.*

personne
Il ne pense qu'à sa petite personne. – *He only looks after number one.*

peur
Il a peur de son ombre. – *He's afraid of his own shadow.*

pied
Il a les pieds sur terre. – *He has both feet on the ground.*

pince-sans-rire
Il est pince-sans-rire. – *He has a deadpan sense of humour.*

renard
C'est un vieux renard. – *He's a sly old fox.*

sage
Cet enfant est sage comme une image. – *This child is as good as gold.*

sauver
Ce qui sauve Peter, c'est sa générosité. – *Peter's saving grace is his generosity.*

souci
Il n'a pas le moindre souci. – *He doesn't have a care in the world.*

tête
Il a la tête sur les épaules. – *He has a good head on his shoulders.*
Il a la tête près du bonnet. – *He's short-tempered.* = *He's hot-tempered.*

têtu
Il est têtu comme une mule. – *He's as stubborn as a mule.*

timidité
Il est d'une timidité maladive. – *He couldn't say boo to a goose.*

ventre
Il n'a rien dans le ventre. – *He has no guts.*

volonté
Il a une volonté de fer. – *He has a will of iron.*

vouloir
Vouloir, c'est pouvoir. – *When there's a will, there's a way.*

zèbre
C'est un drôle de zèbre. – *He's a bit of a character.*

Chapitre 11

Sentiments et émotions
Feelings and emotions

âme
Il erre comme une âme en peine. – *He's wandering about like a lost soul.*

ange
Elle était aux anges. – *She was walking on air.*

blanc
Il est devenu blanc comme un linge. – *He turned as white as a sheet.*

boule
Il s'est mis en boule (= en rogne). – *He got his back up.*
J'ai une boule dans la gorge. – *I have a lump in my throat.*

calme
Elle était d'un calme olympien. – *She was as cool as a cucumber.*

chagrin
Elle est rongée de chagrin. – *She's eating her heart out.*
Je ne veux pas qu'elle meure de chagrin. – *I don't want her to die of a broken heart.*

charbon
Je suis sur des charbons ardents. – *I'm on tenterhooks.*

cheval
Il est monté sur ses grands chevaux. – *He got on his high horse.*

ciel
J'étais au septième ciel. – *I was on cloud nine.*

cœur
Nous avons parlé à cœur ouvert. – *We had a heart-to-heart.*
J'ai eu un coup au cœur. – *My heart missed a beat.* = *My heart sank.*
Mon cœur battait la chamade. – *My heart was pounding.*
Tu me brises le cœur. – *You're breaking my heart.*
Cela me soulève le cœur d'ordinaire. – *It usually turns my stomach.*
Je l'aime de tout mon cœur. – *I love her (him) with all my heart and soul.*

colère
Il se peut qu'il pique une colère. – *He may lose his temper.*

coq
J'étais comme un coq en pâte. – *I was as snug as a bug in a rug.*

corde
Ce qu'elle a dit a fait vibrer chez lui la corde sensible. – *What she said tugged at his heartstrings.*

couteau
Ne remue pas le couteau dans la plaie. – *Don't rub it in.* = *Don't twist the knife in the wound.*

crise
Il va piquer une crise. – *He's going to blow a fuse* (= ... *to bust a blood vessel*).
Elle a piqué une crise de nerfs. – *She went into hysterics.*

dégonfler (se)
Il s'est dégonflé. – *He got cold feet.*

écumer
Il écumait de rage. – *He was foaming with anger.*

éloignement

L'éloignement renforce les sentiments. – *Absence makes the heart grow fonder.*

émoi

Elle était en émoi. – *She was all in a flutter.*

état

Ne te mets pas dans tous tes états pour ça ! – *Don't get in a sweat (= in a stew) about it!*

fard

Il a piqué un fard. – *He went red in the face.*

flegme

Il a eu du mal à garder son flegme. – *He had difficulty keeping a stiff upper lip.*

frisson

Cela m'a donné des frissons dans le dos. – *It sent shivers (up and) down my spine.*

glacer

Cela m'a glacé le sang. – *It made my blood freeze.*

gond

Il risque de sortir de ses gonds. – *He's likely to fly off the handle.*

gueuler

Il s'est mis à gueuler comme un putois. – *He started shouting blue murder.*

jambe

Ça me fait une belle jambe ! – *A fat lot of good that does me! = Big deal! = What do I care?*

jaune

Il riait jaune. – *He was laughing on the other side of his face.*

lait

Il buvait du petit-lait. – *He was lapping it up.*

large
Je n'en menais pas large. – *My heart was in my mouth.*

larme
Elle a fondu en larmes. – *She burst into tears.*
Il était au bord des larmes. – *He was on the verge of tears.*

Madeleine
Elle s'est mise à pleurer comme une Madeleine. – *She started crying her heart out.*

malheureux
Il est malheureux comme les pierres. – *He's sick at heart.*

mouche
Quelle mouche t'a piqué ? – *What's got into you? = What's bugging you? = What's eating you?*
Elle a pris la mouche. – *She got into a huff.*

nerf
J'ai les nerfs à fleur de peau en ce moment. – *I'm on edge at the moment.*
Elle a les nerfs en pelote. – *She's just a bundle of nerves.*
Vous n'auriez pas dû passer vos nerfs sur elle. – *You shouldn't have taken it out on her.*

œil
Je n'en croyais pas mes yeux. – *I couldn't believe my eyes.*
Ça m'a coûté les yeux de la tête. – *It cost me an arm and a leg. = I had to pay through the nose for that.*

plomb
Il va péter les plombs. [fam.] – *He's going to blow his top.*
Il a pété les plombs en apprenant la nouvelle. – *He went off the deep end when he heard the news.*

rouge
Il a vu rouge. – *He saw red.*

sang
Elle se faisait un sang d'encre. – *She was worried sick.*

sang-froid
Elle perdit son sang-froid. – *She lost her head.*

sentiment
J'ai essayé de le prendre par les sentiments. – *I tried to appeal to his better feelings.*

souffle
C'est à couper le souffle ! – *It takes your breath away!*

sueur
J'ai eu des sueurs froides. – *I broke out in a cold sweat.*

tête
Tu ferais mieux de garder la tête froide. – *You'd better keep a cool head.*

tomber
J'ai failli tomber (à la renverse) quand j'ai appris ça. – *I almost fell off my chair when I heard about it.*

trac
J'avais le trac. – *I had butterflies in my stomach.*

trembler
Il tremblait comme une feuille. – *He was shaking like a leaf.*
= *He was shaking in his boots.*

tripe
Ça vous prend aux tripes. – *It gets you in the guts.*

trouille
J'ai eu une trouille bleue. – *I was scared stiff. = I was scared out of my wits.*
Il m'a foutu une trouille bleue. – *He scared the hell out of me.*

vanne
Elle a ouvert les vannes. – *She turned on the waterworks.*

Chapitre 12

Attitudes, réactions et états d'esprit
Attitudes, reactions and frames of mind

acquit
Je l'ai fait par acquit de conscience. – *I did it to set my mind at rest.*

aile
Quand j'ai appris la nouvelle, cela m'a donné des ailes (>< m'a coupé les ailes). – *When I heard the news, that lent me wings (>< clipped my wings).*

air
Elle aime prendre de grands airs. – *She likes putting on airs.*

arracher
Je m'arrache les cheveux à faire ça ! – *I'm tearing my hair out doing that!*

autres
J'en ai vu d'autres ! – *I've been through worse than that!*

boucher
Ça m'en a bouché un coin. – *I was flabbergasted.*

bourrelé
Il est bourrelé de remords. – *He's racked by remorse.*

bourrique
Elle me fait tourner en bourrique. – *She drives me round the bend.*

bout

Elle est à bout. – *She's at her wits' end.* = *She has reached breaking point.*
Il est au bout du rouleau. – *He's at the end of his tether.*
Il est à bout de nerfs. – *His nerves are shot.*

chat

J'ai d'autres chats à fouetter. – *I have other fish to fry.*
Chat échaudé craint l'eau froide. – *Once bitten, twice shy.*

chaud

Cela ne me fait ni chaud ni froid. – *It makes no odds to me.*

chien

Il a un air de chien battu. – *He has a hangdog expression.*

cœur

Il y a mis tout son cœur. – *He put his heart and soul into it.*
Il faut que j'en aie le cœur net. – *I must get to the bottom of this.*
Dis-moi ce que tu as sur le cœur. – *Get it off your chest.*

conscience

J'ai eu mauvaise conscience d'avoir fait ça. – *I felt a pang of conscience at having done that.*
Tu devrais soulager ta conscience. – *You should make a clean breast of it.* = *You should come clean.*

convenir

Cela me convient à merveille. – *It suits me down to the ground.* = *It suits me to a T.*

coup de fouet

Cette conversation m'a donné un coup de fouet. – *This conversation has given me a shot in the arm.*

débarrasser (se)

J'ai eu du mal à me débarrasser de ce sentiment. – *I had difficulty getting that feeling out of my system.*

déboussolé

Il se sent complètement déboussolé. – *He feels like a fish out of water.*

démonter
Il a pris la chose sans se laisser démonter. – *He took it in his stride.*

dépourvu (au)
Il a été pris au dépourvu. – *He was caught with his pants down.* [fam.]

divin
C'était divin ! – *It was out of this world!*

dos
J'en ai plein le dos. = J'en ai ras le bol. – *I'm sick and tired of it.* = *I'm fed up to the teeth with it.*

effet
Ça m'a coupé mes effets. – *It cramped my style.*

empreinte
Cette expérience l'a marqué de son empreinte. – *That experience has left its mark on him.*

enterrement
Il avait une tête d'enterrement. – *He looked gloomy.* = *He looked down in the mouth.*

envie
Je meurs d'envie de lui en parler. – *I'm dying to tell him about it.*

faim
Je suis resté sur ma faim. – *I was left waiting for more.*

ficher (s'en)
Je m'en fiche comme de l'an quarante. – *I don't care two hoots.* = *I couldn't care less.* = *I don't give a damn.* = *It's no skin off my nose.*

fond
J'ai touché le fond. – *I've hit rock bottom.*

fortune
Il faudra que tu fasses contre mauvaise fortune bon cœur. – *You will have to grin and bear it.* = *You will have to bite the bullet.*

frein

Il rongeait son frein. – *He was chafing at the bit.*

gorge

Cela me reste en travers de la gorge. – *It sticks in my throat.*

histoire

Ce n'est pas la peine d'en faire toute une histoire. – *It's nothing to get worked up about.*

humeur

Il est d'une humeur massacrante. – *He's in a rotten (= foul) mood.*

idée

Il a une idée derrière la tête. – *He has something at the back of his mind.*

Cela te changera les idées. – *It will take your mind off things.*

jour

Il est dans un bon (>< mauvais) jour. – *He's having one of his good (>< off) days.*

mal

Il faudra que tu prennes ton mal en patience. – *You will have to sweat it out.*

martel

Ne vous mettez pas martel en tête. – *Don't bother your head (about it). = Don't get all worked up.*

mettre

Je ne savais plus où me mettre. – *I was left with egg on my face.*

monde

Le monde m'appartient. – *The world is my oyster.*

moral

Cela lui a sapé le moral. – *It has taken the stuffing out of him.*

Cela lui a remonté le moral. – *This has boosted his morale. = This has given him a boost.*

Il a le moral à zéro. – *He's down in the dumps.*

nerveux

Elle est nerveuse comme une puce ce soir. – *She's like a cat on hot bricks (= … on a hot tin roof) tonight.*

nez

Il a tordu le nez devant la proposition. – *He turned up his nose at the proposal.*

noyer

Il a essayé de noyer son chagrin dans l'alcool. – *He tried to drown his sorrows.*

paroisse

Je ne prêche pas pour ma paroisse. – *I have no axe to grind.*

parti

Tu devrais essayer d'en prendre ton parti. – *You should try to come to terms with it.*

pincette

Il n'est pas à prendre avec des pincettes. – *He's like a bear with a sore head.*

poids

Cela m'ôte un poids de l'esprit. – *That's a load off my mind.*

problème

J'ai un problème avec les portables. – *I have a thing about mobiles.*

réagir

Cela va le faire réagir. – *That will make him sit up and take notice.*

remonté

Elle est très remontée. – *Her blood is up.*

rond

J'en suis resté comme deux ronds de flan. [fam.] – *It blew my mind. = You could have knocked me down with a feather. = I was struck all of a heap.*

soin

Il est aux petits soins pour sa femme. – *He fusses over his wife.*

sourciller
Elle a donné son accord sans sourciller. – *She agreed without batting an eyelid.*

sucre
Elle était tout sucre tout miel. – *She was all sweetness and light.*

supplice
Mets fin à son supplice et dis-lui la vérité. – *Put him out of his misery and tell him the truth.*

tasse
Ce n'est pas ma tasse de thé. – *It's not my cup of tea.*

tête
Il va avoir la grosse tête ! – *He'll get a swollen head!*
Essayer de lui expliquer ça, c'est se cogner la tête contre les murs. – *Trying to explain that to him (her) is just banging your head against a brick wall.*
Il n'en fait qu'à sa tête. – *He's used to getting his own way.*
Je ne sais plus où donner de la tête. – *I don't know whether I'm coming or going.*

truc
Ce n'est pas mon truc. – *It's not my scene.*

vif
Cette remarque l'a piqué(e) au vif. – *That remark cut him (her) to the quick.*

vouloir (en)
Il en veut à la terre entière. – *He's got a chip on his shoulder.*

Chapitre 13

Amour, sexe et séduction
Love, sex and seduction

âme
Il a trouvé l'âme sœur. – *He has found a kindred spirit.*

amour
Ils filent le parfait amour. – *They are love's young dream.*
On ne peut pas vivre d'amour et d'eau fraîche. – *You can't live on love alone.*

amoureux
Il est éperdument amoureux d'elle. – *He's head over heels in love with her.*
Cela fait longtemps qu'il est amoureux d'elle sans retour. – *He has been carrying the torch for her for a long time.*

artichaut
Elle a un cœur d'artichaut. *She keeps falling in and out of love.*

bois
Je ne suis pas en bois. – *I'm only human.*

ça
Il ne pense qu'à ça. – *He's got a one-track mind.*

chacun
À chacun sa chacune. – *Every Jack has his Jill.*

chambre
Ils font chambre à part. – *They sleep in separate rooms.*

chandelle
Je ne vais pas tenir la chandelle. – *I'm not going to play Cupid.*

charme
Elle a joué de son charme. – *She turned on the charm.*

chose
Il est porté sur la chose. – *He's a horny one.*

corde
Il s'est mis la corde au cou. – *He has got hooked.* = *He has tied the knot.*

coup de foudre
Ç'a été le coup de foudre. – *It was love at first sight.*

damner
C'est une fille à faire damner un saint. – *She's jailbait.*

esprit
Il a l'esprit mal tourné. – *He has a dirty mind.*

faible
Il a un faible pour elle. – *He's partial to her.*

falloir
Elle a ce qu'il faut là où il faut. – *She's got what it takes.*

feu
Elle a le feu aux fesses. – *She's hot stuff.* = *She's a randy bird.*
Ce n'a été qu'un feu de paille. – *It was only a flash in the pan.*

folie
Il l'aime à la folie. – *He's madly in love with her.* = *He loves her to distraction.*

gringue
Il a essayé de lui faire du gringue. – *He tried to make a pass at her.*

heureux

Heureux au jeu, malheureux en amour. – *Lucky at cards, unlucky in love.*

honneur

Il m'a invitée à sortir avec lui, mais c'était en tout bien tout honneur. – *He asked me out on a date, but there was no hidden motive (= … but nothing suss there! [fam.]).*

je-ne-sais-quoi

Elle a un je-ne-sais-quoi. – *She has a certain something. = She has a way with her.*

jeu

Il a sorti le grand jeu pour la séduire. – *He pulled out all the stops to seduce her.*

jupon

Il aime courir le jupon. – *He likes to play the field.* [USA]

main

Il a les mains baladeuses. – *He can't keep his hands to himself. = He has wandering (= groping = roving) hands.*
Il m'a mis la main au panier. – *He pinched my bottom. = He goosed me.*

œil

Elle m'a fait de l'œil. – *She gave me the eye.*
Elle lui faisait les yeux doux. – *She was making sheep's eyes at him.*
Elle lui a tapé dans l'œil. – *He took a fancy to her. = She took his fancy.*
Je me suis rincé l'œil. – *I got an eyeful.*
Elle a des yeux auxquels on ne résiste pas. – *She has bedroom eyes.*
Loin des yeux, loin du cœur. – *Out of sight, out of mind.*

ongle

Elle est femme jusqu'au bout des ongles. – *She's every inch a woman.*

patin
Il lui a roulé un patin. – *He gave her a French kiss.*

patte
Bas les pattes ! – *Hands off!*

peau
Il l'a dans la peau. – *He's got her under his skin.*

perdu
Une de perdue, dix de retrouvées. – *There are plenty more fish in the sea.*

pied
Elle m'a fait du pied. – *She played footsie with me.*

pincer (en)
Il en pince pour elle. – *He's stuck on her.*

provocante
Elle a eu une attitude provocante. = Elle y est allée franco. – *She came on very strong.*

rangé
Il est rangé des voitures. – *He has settled down.*

tête à tête (en)
Je vous laisse en tête à tête. – *Two's company, three's a crowd.*

touche
Tu as fait une touche avec elle. – *You've made a hit with her.*

vinaigre
On n'attrape pas les mouches avec du vinaigre. – *Honey catches more flies than vinegar.*

voile
Il est à voile et à vapeur. [fam.] – *He's AC/DC.*

Chapitre 14

Capacités et facultés mentales
Abilities and mental faculties

affaire
Il connaît son affaire. – *He knows his stuff.*

aiguille
Autant chercher une aiguille dans une botte de foin. – *It's like looking for a needle in a haystack.*

apparence
Il ne faut pas se fier aux apparences. – *You shouldn't go by appearances. = Don't judge a book by its cover.*

atout
J'ai un atout dans ma manche. – *I have an ace up my sleeve.*

avis
Deux avis valent mieux qu'un. – *Two heads are better than one.*

bain
Tu seras vite dans le bain. – *You'll soon get the hang of it.*

bête
Il est bête comme ses pieds. – *He's too stupid for words. = He's dead from the neck up.*
Il cherche toujours la petite bête. – *He's always nit-picking.*

bosse
Elle a la bosse des maths. – *She has a good head for maths.*

boule
Il perd la boule. – *He's losing his marbles.*

bout
Il connaît le sujet sur le bout du doigt. – *He knows the subject inside out.* = *He has the subject down pat.* [USA]

campagne
Il bat la campagne. – *He's as nutty as a fruitcake.*

case
Elle a une case en moins. [fam.] – *She's got a screw loose.* = *She's a bit touched in the head.*

casserole
Il chante comme une casserole. – *He couldn't carry a tune in a bucket.* [fam.]

cheville
Il ne lui arrive pas à la cheville. – *He can't hold a candle to her.*

chinois
Pour moi c'est du chinois. – *This is double Dutch to me.*

clair
C'est clair comme de l'eau de roche. – *It's crystal clear.* = *It's as plain as the nose on your face* (= ... *as day* / =... *as a pikestaff*).
Je commence à y voir clair. – *I'm beginning to see daylight.*

colle
Là tu me poses une colle ! – *You've got me there!*

comprenette
Il a la comprenette difficile. – *He's slow on the uptake.*

connaître (s'y)
Il n'y connaît rien. – *He doesn't know the first thing about it.*

corde
C'est tout à fait dans mes cordes. – *This is right up my alley.*
Il a plus d'une corde à son arc. – *He has more than one string to his bow.*

coudée

Il est à cent coudées au-dessus des autres. – *He's head and shoulders above the others.*

déclic

Ça y est, le déclic s'est produit ! (= J'ai, il a, etc. pigé). – *The penny's dropped!*

demi-mot

Il sait comprendre à demi-mot. – *He can take a hint.*

diagonale

J'ai seulement parcouru le livre en diagonale. – *I've simply browsed through the book.*

école

Il est frais émoulu de l'école. – *He's fresh from school.*

Il fait l'école buissonnière. – *He's playing truant.* [GB] = *He's playing hooky.* [USA]

Il est de la vieille école. – *He's one of the old school.*

enfance

C'est l'enfance de l'art. – *It's child's play.*

Il est retombé en enfance. – *He's in his dotage.*

enfant

Il est comme l'enfant qui vient de naître. – *He's still wet behind the ears.*

entendement

Cela défie l'entendement – *It beggars belief.*

épreuve

Ils mirent le nouveau commercial à l'épreuve (= le mirent en demeure de faire ses preuves). – *They put the new salesman through his paces.*

esprit

J'ai l'esprit de l'escalier. – *I always think of a smart retort when it's too late.*

Les grands esprits se rencontrent. – *Great minds think alike.*

événement

Il est dépassé par les événements. – *Things are getting too much for him.*

forger

C'est en forgeant qu'on devient forgeron. – *Practice makes perfect.*

haut

Il tient le haut du pavé dans ce domaine. – *He's one of the leading lights in this field.*

idée

Il a de la suite dans les idées. – *He's single-minded.*
Il déborde d'idées. – *He's teeming with ideas.*

imagination

Il faudrait que nous fassions preuve d'imagination. – *We should try to think outside the box.*

langue

Je donne ma langue au chat. – *I give up.*

lorgnette

Il voit les choses par le petit bout de la lorgnette. – *He takes a limited view of things.*

main

Je perds la main. – *I'm losing the touch.*
Il a réussi son examen haut la main. – *He passed his exam with flying colours.*
Elle a la main verte. – *She has green fingers.* [GB] = *She has a green thumb.* [USA]

masse

Il est à la masse. [fam.] – *He's off his nut.*

mémoire

Il a une mémoire d'éléphant. – *He has a memory like an elephant.*
Sa mémoire est une vraie passoire. – *He has a memory like a sieve.*
Si j'ai bonne mémoire… – *If my memory serves me…*

Laissez-moi vous rafraîchir la mémoire. – *Let me refresh your memory.*

Ma mémoire me joue des tours. – *My memory is playing tricks on me.*

mettre (s'y)
Je suis sûr(e) que tu t'y mettras en moins de deux. – *I'm sure you will take to it like a duck to water.*

musique
Il connaît la musique. – *He knows what's what.* = *He knows the ropes.*

nager
Je nageais complètement. – *I was all at sea.*

nez
Il ne voit pas plus loin que le bout de son nez. – *He can't see beyond the end of his nose.*

Il a le nez pour dénicher les bonnes affaires. – *He has a good nose for a bargain.*

obsédé
Il est obsédé par les économies d'énergie. – *He's got a bee in his bonnet about saving energy.*

œillère
Il porte des œillères. – *He has blinkers on.*

oreille
Il a l'oreille musicale. – *He has a good ear for music.*

Il n'a aucune oreille. – *He's tone-deaf.*

Ça rentre par une oreille et ça ressort par l'autre. – *It goes in one ear and out the other.*

parfum
Pourrais-tu me mettre au parfum ? – *Could you put me in the picture?*

patauger
Je patauge complètement. – *I'm quite out of my depth.*

pendre
S'il réussit, je veux bien être pendu. – *If he succeeds, I'll eat my hat.*

pensée
Il était perdu dans ses pensées. – *He was lost in thought.*

perroquet
Il apprend tout comme un perroquet. – *He learns everything parrot fashion.*

pinceau
Je m'emmêle les pinceaux. – *I'm getting mixed up.*

plaque
Il est à côté de la plaque. – *He's wide off the mark.*

pluie
Elle n'est pas née de la dernière pluie. – *She wasn't born yesterday.*

poche
Je connais ça comme ma poche. – *I know that like the back of my hand.*

poudre
Il n'a pas inventé la poudre. – *He'll never set the Thames on fire.*

queue
Pour moi ça n'a ni queue ni tête. – *I can't make head nor tail of it.*

rayon
Il en connaît un rayon. – *He knows a thing or two about it.*

réfléchir
Cela m'a donné beaucoup à réfléchir. – *That gave me plenty of food for thought.*

rudiment
Je possède les rudiments de l'espagnol. – *I have a working knowledge of Spanish.*

saint
Je ne sais plus à quel saint me vouer. – *I don't know which way to turn.*

savoir
Qui ne sait rien ne doute de rien. – *Ignorance is bliss.*

simple
C'est simple comme bonjour. – *It's as simple as ABC.* = *It's too easy for words.*

singe
On n'apprend pas à un vieux singe à faire la grimace. – *Don't teach your grandmother to suck eggs.*

tenir (s'en)
Je sais à quoi m'en tenir. – *I know what's what.*

tête
C'est une grosse tête. – *He's got brains.*
Il n'a pas toute sa tête. – *He's not all there.*
Il a gardé toute sa tête. – *He's still all there.*
Le débat m'est passé complètement au-dessus de la tête. – *The debate went completely over my head.*

topo
Tu vois le topo ? – *Get the picture?*

trié
Ils ont été triés sur le volet. – *They have been handpicked.*

trou
J'ai un trou de mémoire. – *My memory is failing me.*
J'ai eu un trou de mémoire. – *My mind went blank.*

vache
Il parle français comme une vache espagnole. – *He speaks broken French.*

Chapitre 15

La discussion
Discussing and arguing

accord (d')
Permettez-moi de ne pas être d'accord. – *I beg to differ.*

argent
Tu ne devrais pas prendre ses remarques pour argent comptant. – *You shouldn't take his remarks at face value.*

argument
Il n'a pas d'argument valable. – *He doesn't have a leg to stand on.*

arme
Ils ne se battent pas à armes égales. – *They're not fighting on equal terms.*

atout
Ils ont tous les atouts dans leur jeu. – *They are holding all the trumps.*

autres
À d'autres ! – *Don't give me that!*

avocat
Je ne veux pas me faire l'avocat du diable. – *I don't want to play devil's advocate.*

bât
C'est là que le bât blesse. – *That's where the shoe pinches.*

bâton

Nous avons parlé à bâtons rompus. – *We talked about this and that. = We had a rambling conversation.*

beau

Tout cela est bien beau, mais nous devons faire quelque chose. – *That's all good and well, but we must do something. = All this is fair enough, but...*
C'est trop beau pour être vrai. – *It's too good to be true.*

bénéfice

Je suis prêt à lui laisser le bénéfice du doute. – *I'm prepared to give him the benefit of the doubt.*

bonnet

C'est bonnet blanc et blanc bonnet. – *It is six of one and half a dozen of the other.*

bref

Bref... = Pour faire court... – *To make a long story short...*

brûle-pourpoint (à)

Il m'a posé la question à brûle-pourpoint. – *He asked me the question point-blank.*

cacher

Il n'a pas caché son agacement. – *He made no bones about his annoyance.*

canard

Cela glisse comme sur le dos d'un canard. – *It's like water off a duck's back.*

carte

Jouons cartes sur table. – *Let's put our cards on the table.*

casser

Cela ne casse pas trois pattes à un canard. – *It's nothing to write home about.*

céder

Il n'a pas voulu céder d'un pouce. – *He wouldn't budge an inch.*

chair

Ce n'est ni chair ni poisson. – *That is neither fish nor fowl.*

chapeau

Je lui tire mon chapeau. – *I take my hat off to him.*

chat

Appelons un chat un chat. – *Let's call a spade a spade.*

cheval

Il a enfourché son cheval de bataille. – *He got on his pet subject.*

cheveu

Cesse de couper les cheveux en quatre. – *Stop splitting hair.*
Cette idée est tirée par les cheveux. – *It's a far-fetched idea.*

chèvre

Il a tendance à ménager la chèvre et le chou. – *He's likely to run with the hare and hunt with the hounds.*

cœur-joie (à)

Les journalistes s'en donneront à cœur-joie (pour critiquer). – *The journalists will have a field day.*

commentaire

Cela se passe de commentaire. – *It speaks for itself.*

conclusion

Ne tirez pas de conclusions hâtives. – *Don't jump to conclusions.*
Elle a vite tiré ses conclusions. – *She soon put two and two together.*

conversation

J'ai tenté d'entretenir la conversation. – *I tried to keep the ball rolling.*

coq

Il a tendance à passer du coq à l'âne. – *He's likely to jump from one subject to another (= ... to fly off at a tangent).*

crâne
Fourre-toi ça dans le crâne ! – *Get that into your head!*

cuisiner
La police l'a cuisiné. – *The police gave him the third degree.*

cuit
C'est du tout cuit. – *It's a cinch.*

dédaigner
Ce n'est pas à dédaigner. = On ne va pas cracher dessus. – *It is not to be sneezed at.*

degré
Il a dit ça au second degré. – *He said that tongue in cheek.*

démolir
Ils vont démolir mes arguments. – *They are going to make mincemeat of my arguments.*

démordre
Il n'en démord pas. – *He's sticking to his guns.*

dessus
C'est le dessus du panier. – *It's the pick of the bunch.*

dire
Ça me dit quelque chose. – *It rings a bell.*
Qui ne dit mot consent. – *Silence means consent.*
J'ai dit ce que j'avais à dire. – *I've said my piece.*
Tu l'as dit, bouffi ! – *That's the stuff!*

doigt
Il se fourre le doigt dans l'œil. – *He's got another think coming.*
Mon petit doigt m'a dit que c'était vrai. – *A little birdie told me it was true.*

double
C'est à double tranchant. – *It works (= cuts) both ways.*

doute
C'est le meilleur joueur, cela ne fait pas l'ombre d'un doute. – *Beyond a shadow of a doubt, he's the best player.*

eau
Il a mis de l'eau dans son vin. – *He has climbed down.*

entre
Entre nous... – *Between you, me, and the gatepost...*

erreur
L'erreur est humaine, mais Dieu pardonne. – *To err is human, to forgive, divine.*

exception
C'est l'exception qui confirme la règle. – *The exception proves the rule.*

expression
Si vous voulez bien me passer l'expression... – *If you'll pardon my French...* [hum.]

fait
Tenez-vous-en aux faits. – *Stick to the facts.*
Venons-en au fait. – *Let's get down to brass tacks.*

faux
Il a plaidé le faux pour savoir le vrai. – *He told a lie to get at the truth.*

fil
De fil en aiguille... – *One thing leading to another...*
J'ai perdu le fil de votre argumentation. – *I've lost the thread of your argument.*
J'ai perdu le fil de mes pensées. – *I've lost my train of thought.*

flûter
C'est comme si l'on flûtait dans le désert. – *It's like flogging a dead horse.*

foi
Il n'y a que la foi qui sauve. – *Faith is a marvellous thing.*

forme
Son adhésion à ce principe n'est que de pure forme. – *He only pays lip service to this principle.*

fumée
Il n'y a pas de fumée sans feu. – *There's no smoke without fire.* = *Where there's smoke, there's fire.*

gober
Il a gobé l'histoire de bout en bout. – *He swallowed the story hook, line and sinker.*

grain
Il n'a pas pu s'empêcher de mettre son grain de sel. – *He couldn't help sticking his oar in.*

hasard
Je dis ça à tout hasard. – *It's a shot in the dark.*

histoire
Il m'a sorti une histoire à dormir debout. – *He came out with a cock-and-bull story.*
Il racontait des histoires près de la cheminée. – *He was spinning yards by the fireside.*

idée
Je n'en ai pas la moindre idée. – *I haven't got the faintest idea about it.* = *I've got no inkling of it.*

impasse
Nous sommes dans une impasse. – *We've come to a dead end.*

instinctivement
Je le sens instinctivement. – *I've got a gut feeling about it.*

jour
Il essaie de présenter l'événement sous un jour favorable. – *He is trying to put a positive spin on the event.*

jugement
Je ne veux pas porter de jugement de valeur. – *I don't want to be judgemental.*

juré
Juré, craché ! – *Scout's honour!*

langue

Tu as avalé ta langue ? – *Have you lost your tongue? = Cat got your tongue?*

ligne

Plusieurs facteurs entrèrent en ligne de compte. – *Several factors came into play.*

limite

Il faut bien fixer des limites. – *You have to draw the line somewhere.*

Ce que tu dis (Ce que tu fais) est limite. – *You're sailing close to the wind.*

lire

Si vous lisez ce texte entre les lignes... – *If you read this text between the lines...*

mâcher

Il n'a pas mâché ses mots. – *He didn't mince his words. = He didn't pull any punches.*

main

J'en mettrais ma main au feu. – *I'd stake my life on it.*

méninges

Il a fallu que je me creuse les méninges. – *I had to rack my brains.*

Sers-toi de tes méninges. – *Use your head.*

mentir

Il ment effrontément. – *He's lying through his teeth.*

milieu

Il est difficile de trouver le juste milieu. – *It is difficult to find the golden mean.*

mille

Tu as tapé dans le mille. – *You have hit the nail on the head.*

mot

Je n'ai pas pu placer un mot. – *I couldn't get a word in edgewise.*

Il voulait avoir le dernier mot. – *He wanted to have the last word.*

Elle cherchait ses mots. – *She was fumbling for words.*

Vous m'ôtez les mots de la bouche. – *You're taking the words out of my mouth.*

Les mots me manquent ! – *Words fail me!*

mouiller (se)
Il préfère ne pas se mouiller. – *He prefers to sit on the fence.*

moyen
Nous avons les moyens de vous faire parler. [hum.] – *We have ways of making you talk.*

n'importe quoi
Il dit n'importe quoi. – *He's talking through his hat.*

non
Il n'y a pas de non qui tienne. – *I won't take no for an answer.*

noyer
Il essaie de noyer le poisson. – *He is trying to cloud the issue.*

œil
Ne pouvez-vous pas fermer les yeux ? – *Can't you turn a blind eye?*

pair (de)
Les deux choses vont de pair. – *The two things go hand in hand.*

paire
C'est une autre paire de manches. – *That's a horse of a different colour. = That's another kettle of fish.*

paraître
C'est plus compliqué qu'il n'y paraît. – *There's more to it than meets the eye.*

parler
Parlons franc. – *Let's talk turkey.*

parole

Il tient tout ce qu'elle dit pour parole d'Évangile. – *He takes whatever she says as gospel.*

partagé

Je suis partagé sur la question. – *I'm in two minds about the matter.*

penser

Je donnerais cher pour savoir à quoi tu penses ! – *A penny for your thoughts!*

pied

Vous ne devriez pas prendre cela au pied de la lettre. – *You should take that with a pinch of salt.*

pilule

Je ne veux pas dorer la pilule. – *I don't want to sugar the pill.*

piste

Il essaie de brouiller les pistes. – *He is trying to cover his tracks.*

plaisir

Il aime contredire les gens pour le plaisir. – *He likes contradicting people for the sake of it.*

poids

Ses arguments ont eu beaucoup de poids. – *His arguments carried a lot of weight.*

Il ne peut pas y avoir deux poids deux mesures. – *Fair is fair.*

point

Faisons le point. – *Let's take stock of the situation.*

Dernier point, mais non des moindres. – *Last but not least.*

Faut-il que je vous mette les points sur les i ? – *Do I have to spell it out for you?*

poire

Coupons la poire en deux. – *Let's meet halfway. = Let's split the difference.*

pot
Ne tournons pas autour du pot. – *Let's not beat about the bush.*

pour
Il faut peser le pour et le contre. – *You must weigh up the pros and cons.*

prendre
Ça ne prend pas avec moi. – *I'm not having any.*

puce
Cela m'a mis la puce à l'oreille. – *That set me thinking.*
Il m'a mis la puce à l'oreille. – *He put a bug in my ear.*

question
C'est la grande question ! – *That's the sixty-four-thousand-dollar question!*

raviser (se)
Et puis je me suis ravisé. – *And then I had second thoughts about it.*

réalité
La réalité dépasse souvent la fiction. – *Truth is often stronger than fiction.*

recul
Tu devrais prendre du recul. – *You should see things in perspective.* = *You should view things from a distance.*
Avec le recul, c'est facile de critiquer. – *With the benefit of hindsight, it's easy to criticize.*

retranchement
Il m'a poussé dans mes derniers retranchements. – *He got me cornered.*

revers
C'est le revers de la médaille. – *It's the other side of the coin.*

rien
Cela n'a rien à voir. – *That has nothing to do with it.* = *That's neither here nor there.*

salive
Pas la peine de gaspiller ta salive ! – *Save your breath!*

savoir
Je n'en sais pas plus que vous. – *Your guess is as good as mine.*
Dieu seul sait quand il reviendra. – *It's anyone's guess when he will come back.*

source
Je le tiens de source sûre. – *I got it straight from the horse's mouth.*

tant
Je n'en demandais pas tant. – *I got more than I bargained for.*

tenir
Son explication ne tient tout simplement pas debout. – *His explanation just doesn't hold water.*

terrain
Ce débat prépara le terrain pour la décision finale. – *That debate set the stage for the final decision.*

tuer
Je me suis tué à le lui expliquer. – *I explained it to him till I was blue in the face.*

vérité
C'est la vérité pure. – *It's the gospel truth.*

voie
En disant cela, il m'a mis sur la bonne voie. – *He put me on the right track, when he said that.*

voix
Je n'ai pas voix au chapitre. – *I have no say in the matter.*

vue
À vue de nez, je dirais qu'il y avait cent personnes. – *At a guess, I'd say there were a hundred people.*

Chapitre 16

Agir
Taking action

acte
Les actes sont plus éloquents que les paroles. – *Actions speak louder than words.*

action
Ils étaient en pleine action. – *They were in the thick of it.*

affaire
Je crois que cela fera l'affaire. – *I think it will fit the bill (= fill the bill [USA]).* = *I think it will do the trick.*

affût
Nous sommes à l'affût d'un appartement bon marché. – *We're on the lookout for a cheap flat.*

aider
Aide-toi, le Ciel t'aidera. – *God helps those who help themselves.*

attente
Nous avons été forcés de mettre ce projet en attente. – *We've been compelled to put this project on the back burner.*

avant (en)
En avant toute ! – *Full steam ahead!*
En avant la musique ! – *Let's go full steam ahead with our plans!*

averti

Un homme averti en vaut deux. – *Forewarned is forearmed.*

aveugle

Au royaume des aveugles, les borgnes sont rois. – *In the land of the blind, the one-eyed man is king.*

balance

Cela fera pencher la balance en sa faveur. – *It will tip the scales in his favour.*

barque

Il mène sa barque tout seul. – *He paddles his own canoe.*

beurre

On ne peut pas avoir le beurre et l'argent du beurre. – *You can't have it both ways.* = *You can't have your cake and eat it.*

bien

Tout est bien qui finit bien. – *All's well that ends well.*

bois

Touche du bois ! – *Touch wood!* = *Keep your fingers crossed!*

brèche

Il va s'engouffrer dans la brèche. – *He's going to step into the breach.*

bride

Nous devrions lui lâcher la bride. – *We should give him (her) plenty of rope.*

cap

Nous avons passé le cap maintenant. – *We're over the hump now.* = *We have turned the corner now.*

cartouche

J'ai tiré mes dernières cartouches. – *I've shot my bolt.*

case

Nous sommes de retour à la case départ. – *We're back to square one.*

cerise

C'est la cerise sur le gâteau. – *This is the icing on the cake.*

champignon

Appuie sur le champignon ! [fam.] – *Step on the gas!*

chapeau

Ça a démarré sur les chapeaux de roue. – *It started off with a bang.*

chef

J'ai décidé de le faire de mon propre chef. – *I've decided to do it off my own bat.* [GB]

choix

Vous avez l'embarras du choix. – *You are spoilt for choice.*

chou

J'ai fait chou blanc. – *I drew a blank.*

cliques

Elle décida de prendre ses cliques et ses claques et de partir. – *She decided to pack up and go.*

coche

Fais attention, tu vas rater le coche. – *Be careful, you're going to miss the boat.*

continuer

Autant continuer, maintenant qu'on en est là. – *In for a penny, in for a pound.*

contrat

Espérons qu'il remplira son contrat (= ... qu'il tiendra ses engagements). – *Let's hope he will deliver the goods.* [fam.]

contrecœur

Je fais cela à contrecœur. – *Doing that goes against the grain.*

coup

Tu seras vite dans le coup. – *You will soon get into the swing of things.*

En amour comme à la guerre, tous les coups sont permis. –
All's fair in love and war.

cuiller
Je vais finir ça en deux coups de cuiller à pot. – *I'll finish this
in two shakes of a lamb's tail.*

débrouiller
On vous laisse vous débrouiller tout seul. – *You are left to sink
or swim.*

débutant
C'est la chance du débutant. – *It's beginner's luck.*

déménager
Ce film, ça déménage ! – *That film packs a punch!*

doute
Dans le doute, abstiens-toi. – *When in doubt, don't.*

dur
Le plus dur est fait. – *That's half the battle.*

eau
Il a finalement décidé de se jeter à l'eau. – *He has finally decided
to take the plunge.*

faire
Il faut le faire ! – *That takes some doing!*

feu
Je suis pris entre deux feux. – *I am between the devil and the
deep blue sea.* = *I am caught between a rock and a hard place.*

filon
Il espère découvrir un filon. – *He hopes to hit pay dirt.*

flambeau
Il va reprendre le flambeau. – *He's going to take up the torch.*

forme
Je lui ai posé des questions pour la forme. – *I went through
the motions of asking him questions.*

fruit
Cette initiative n'a pas porté ses fruits. – *This initiative hasn't borne fruit.*

fusil
J'espère qu'il changera son fusil d'épaule. – *I hope he will change his tune.*

gré
Il l'a fait de son plein gré. – *He did it of his own free will.*

hésitation
Si tu me le demandais, je le ferais sans la moindre hésitation. – *If you asked me to, I would do it at the drop of a hat.*

hésiter
Il n'a pas hésité à le faire. – *He made no bones about doing it.*

improviser
J'improviserai. – *I'll play it by ear.*

jouer
À vous (toi) de jouer ! – *Do your stuff!*

jour
J'espère que ce projet verra le jour. – *I hope this plan will come to fruition.*

lettre
C'est passé comme une lettre à la poste. – *It went down smoothly.*

limite
Il n'y a pas de limite. – *The sky's the limit.*

lumière
Nous voyons maintenant la lumière au bout du tunnel. – *Now we can see the light at the end of the tunnel.*

main
Si nous mettons tous la main à la pâte, nous aurons fini ce travail d'ici demain. – *If we all pitch in, we'll have finished this task by tomorrow.*

malheur

Le pianiste a fait un malheur (= un tabac). – *The pianist brought the house down.*

mieux

C'est mieux comme ça. – *That's more like it.*

miser

J'ai misé sur le mauvais cheval. – *I've backed the wrong horse.*

moitié (à)

Elle ne fait jamais les choses à moitié. – *She never does anything by halves.*

mordre

Il a mordu à l'hameçon. – *He swallowed the bait.*

mouiller (se)

Il ne veut pas se mouiller. – *He doesn't want to stick his neck out.*

moyen

Tous les moyens sont bons. – *Anything goes.*

mur

Je l'ai mis au pied du mur. – *I called his bluff.*

nanan

C'est du nanan. – *It's a piece of cake.*

nuit

La nuit porte conseil. – *It's best to sleep on it.*

occasion

Ne laisse pas cette occasion te filer entre les doigts. – *Don't let that chance slip through your fingers.*

oreille

Je garderai l'oreille aux aguets. – *I'll keep my ear to the ground.*

paquet

Mettons-y le paquet. = Ne faisons pas les choses à moitié. = *Let's go the whole hog.*

parole
Je tiens parole. – *I'm as good as my word.*

partir
C'est bien parti. – *We're off to a good start.*

pas
Nous le mettrons au pas. – *We'll make him toe the line.*

passer
Il faudra me passer sur le corps ! – *Over my dead body!*

peau
Il ne faut pas vendre la peau de l'ours avant de l'avoir tué.
– *Don't count your chickens before they are hatched.*

pied
Il retombe toujours sur ses pieds. – *He always falls (= lands)
on his feet.*
Je ne peux pas faire ça au pied levé. – *I can't do that off the cuff.*
Tu ferais mieux de partir du bon pied. – *You'd better start off
on the right foot.*

pionnier
Il fait œuvre de pionnier. – *He's breaking new ground.*

place
Si j'étais à ta place, je ne ferais pas ça. – *If I were in your shoes,
I wouldn't do that.*

poche
C'est dans la poche. – *It's in the bag.*

position
Nous sommes en position de force (pour négocier). – *We are
in a strong bargaining position.*

précaution
Deux précautions valent mieux qu'une. – *Better safe than
sorry.*

prendre
C'est à prendre ou à laisser. – *Take it or leave it.*

prêt à
Il est prêt à tout pour réussir. – *He will stop at nothing to succeed.*

profiter
J'ai tenté d'en profiter (pour aller plus loin). – *I pushed my luck.*

prudence
Il a fait fi de toute prudence. – *He threw caution to the winds.*

quelque chose
Il y est pour quelque chose. – *He has a hand in it.*

rang
Il a décidé de se mettre sur les rangs. – *He has decided to throw his hat in the ring.*

règle
Je n'ai pas fait ça selon les règles. – *I didn't go by the book.*

responsable
Nous sommes tous les deux responsables. – *It takes two to tango.*

rien
Ce n'est pas rien. – *It's no mean achievement.*

risque
Je ne prendrai aucun risque. – *I'll play it safe.*
Il a pris des risques pour toi. – *He has gone out on a limb for you.*

risquer
Qui ne risque rien, n'a rien. – *Nothing ventured, nothing gained.*

rôle
Les rôles sont inversés. – *The boot is on the other foot.*
Elle ne veut pas jouer les seconds rôles à côté de lui. – *She doesn't want to play second fiddle to him.*

rond
Je ne fais que tourner en rond. – *I'm just going round in circles.*

rouler
À partir de maintenant, ça va rouler tout seul. – *It will be plain sailing from now on.*

roulette
Cela a marché comme sur des roulettes. – *It worked like a dream.*

service
Cela te rendra un fier service. – *It will stand you in good stead.*

servir
On n'est jamais si bien servi que par soi-même. – *If you want something doing, do it yourself.*

situation
Il a été à la hauteur de la situation. – *He was equal to the situation.*
La situation est retournée. – *The tables are turned.*

solution
Il a choisi la solution de facilité. – *He has taken the easy way out.*

taper
Il a tapé du poing sur la table et dit non. – *He put his foot down and said no.*

tasser (se)
Tu ferais mieux d'attendre que les choses se tassent. – *You'd better wait until things blow over.*

taureau
Il faut que nous prenions le taureau par les cornes. – *We must take the bull by the horns.*

terrain
Je vais d'abord tâter le terrain. – *First I'm going to see how the land lies. = I'm going to put out feelers first.*
Il faudra que je prépare le terrain. – *I'll have to lay the groundwork.*

tête
Il s'est mis en tête de vendre la maison. – *He has taken it into his head to sell the house.*

tiens

Un tiens vaut mieux que deux tu l'auras. – *A bird in the hand is worth two in the bush.*

touche

Je ne veux pas rester sur la touche. – *I don't want to stay on the sidelines.*

tout

Il a décidé de jouer le tout pour le tout. – *He has decided to go for broke.*

train

Il a pris le train en marche. – *He has jumped on the bandwagon.*

trappe

Ils ont décidé de passer le projet à la trappe. – *They have decided to pull the plug on the project.*

union

L'union fait la force. – *United we stand, divided we fall.*

usage

C'est à l'usage qu'on jugera. – *The proof of the pudding is in the eating.*

vinaigre

Tu aurais intérêt à faire vinaigre. – *You'd better get a move on.* = *You'd better snap it up.*

zéro

Il faut que nous partions de zéro. – *We have to start from scratch.*

Chapitre 17

Le travail
Work

activité
Elle déborde d'activité. – *She's as busy as a bee.*

arrondir
Il fait des heures supplémentaires pour arrondir ses fins de mois. – *He works overtime to supplement his income.*

bon
C'est bon à prendre. – *It's all grist to the mill.*

bouchée
Je mets les bouchées doubles. – *I'm working against the clock.*

bourreau
C'est un bourreau de travail. – *He's a workaholic.*

bouteille
Il a de la bouteille. – *He's an old hand.*

chantier
Avez-vous quelque chose en chantier en ce moment? – *Have you got anything in the pipeline right now?*

charrue
Il ne faut pas mettre la charrue devant les bœufs. – *You mustn't put the cart before the horse.*

chose

Passons aux choses sérieuses. – *Let's get down to business.*

clopinettes

Je ne veux pas travailler pour des clopinettes. – *I don't want to work for peanuts.*

collier

Je reprends le collier lundi prochain. – *I'm getting back into harness next Monday.*

coup

Il faut que tu en mettes un coup. – *You must put your back into it.*

courage

Bon courage ! – *Keep smiling! = Cheer up!*
Prends ton courage à deux mains et fais-le. – *Take your courage in both hands and do it.*

croix

C'est la croix et la bannière pour lui faire comprendre cela. – *It's an uphill struggle making him understand that.*

crouler

Je croule sous le travail. – *I'm up to the eyes in work.*

dent

Il a les dents qui rayent le parquet. – *He's power hungry. = He wants it all.*

désirer

Son travail laisse beaucoup à désirer. – *His (Her) work leaves a lot to be desired.*

éponge

Je jette l'éponge. – *I'm throwing in the sponge.*

étape

Il ne faut pas brûler les étapes. – *You mustn't rush things. = You mustn't jump the gun.*

fer
Il a plusieurs fers au feu. – *He has several irons in the fire.*

ficelle
Il connaît toutes les ficelles du métier. – *He knows all the tricks of the trade.*
Je lui montrerai les ficelles. – *I'll show him (her) the ropes.*

filon
Il a trouvé le bon filon. – *He's onto a winner.*

fond
Il va d'ordinaire au fond des choses. – *He usually does things thoroughly.*

fouler (se)
Il ne se foule pas. – *He doesn't exactly overtax himself.*

gagne-pain
C'est mon gagne-pain. – *It's my bread and butter.*

grand
Il a vu trop grand. – *He's bitten off more than he can chew.*

hauteur
Son travail n'est pas à la hauteur. – *His work isn't up to scratch.*

jambe
Il fait son travail par-dessous la jambe. – *He's very slapdash with his work.*

jeune
Il est jeune dans le métier. – *He's new to the trade.*

jour
Le projet a fini par voir le jour. – *The plan has finally come to fruition.*

laurier
Il risque de se reposer sur ses lauriers. – *He is likely to rest on his laurels.*

manche
Retroussons nos manches. – *Let's roll up our sleeves.*

marché
Marché conclu ! – *That's a deal!*

métier
Je n'ai pas envie de parler métier. – *I don't feel like talking shop.*

miracle
Je ne vais pas faire des miracles. – *I'm not going to work miracles.*

noir (au)
Il travaille au noir comme plombier. – *He moonlights as a plumber.*

nuit
Je travaille tard dans la nuit. – *I burn the midnight oil.*

occupé
Je suis très occupé en ce moment. – *I've got my hands full at the moment.*

pain
J'ai du pain sur la planche. – *I have my work cut out.* = *I've got a lot on my plate.*

pied
Il n'a pas les deux pieds dans le même sabot. – *He's on the ball.*

pierre
Comme ça je ferai d'une pierre deux coups. – *So I'll kill two birds with one stone.*

plateau
Ça m'a été servi sur un plateau. – *It was handed to me on a plate.*

plume
Il vit de sa plume. – *He works by his pen.*

poignet
Il s'est élevé à la force des poignets. – *He has pulled himself up by his own bootstraps.*

poil
Il a un poil dans la main. – *He's workshy.*

pouce
Il se tournait les pouces. – *He was twiddling his thumbs.*

quantité
Il est quantité négligeable dans l'entreprise. – *He's small beer (= small fry = small potatoes [USA]) in the company.*

reprendre (se)
Il faut qu'il se reprenne en main. – *He must get his act together.*

rester (en)
Restons-en là pour aujourd'hui. – *Let's call it a day.*

souffler
Je suis si occupé que j'ai à peine le temps de souffler. – *I'm so busy that I hardly have time to come up for air.*
Laisse-moi le temps de souffler ! – *Let me catch my breath!*

tarte
Ce n'est pas de la tarte. [fam.] – *It's no picnic.*

tirer
Il tire au flanc. – *He lies down on the job.*

train-train
Cela fait partie du train-train quotidien. – *It's all in a day's work.*

utile
Tu devrais joindre l'utile à l'agréable. – *You should combine business with pleasure.*

Chapitre 18

L'argent
Money

abois (aux)
Il est aux abois. – *He's in dire straits.*

aise
Ils sont à l'aise (financièrement). – *They are on easy street.*

aller et venir
Ça va, ça vient. – *Easy come, easy go.*

argent
L'argent ne fait pas le bonheur. – *Money can't buy happiness.*
L'argent appelle l'argent. – *Money makes money.*
L'argent ne tombe pas du ciel. – *Money doesn't grow on trees.*
On en a pour son argent. – *You get your money's worth.*
C'est l'argent qui fait tourner le monde. – *Money makes the world go round.*
L'argent n'a pas d'odeur. – *Money has no smell.*
L'argent est le nerf de la guerre. – *Money is the sinew of war.*

besoin
Cela me (vous, le, etc.) mettra à l'abri du besoin. – *That will keep the wolf from the door.*

beurre
Il a fait son beurre. – *He has feathered his nest.*

bouchée
J'ai acheté ça pour une bouchée de pain. – *I bought this for next to nothing. = I got it dirt cheap.*

bouillir
C'est elle qui fait bouillir la marmite. – *She's the one who brings home the bacon.*

bout
Ils ont du mal à joindre les deux bouts. – *They have difficulty making ends meet.*

ceinture
Il faudra que tu te serres la ceinture. – *You will have to tighten your belt.*

compte
Il fut accusé d'avoir truqué les comptes. – *He was accused of cooking the books.*
Les bons comptes font les bons amis. – *Short reckonings make long friends.*

conseilleur
Les conseilleurs ne sont pas les payeurs. – *Advice is cheap.*

coq
Il vit comme un coq en pâte. – *He lives off the fat of the land.*

cordon
C'est elle qui tient les cordons de la bourse. – *She holds the purse strings.*

coup de fusil
C'est le coup de fusil. – *You will pay through the nose. = It's daylight robbery.*
Quel coup de fusil ! – *What a rip-off!*

crochet
Il vit aux crochets de sa famille. – *He lives (= sponges) off his family.*

cuiller
Il est né avec une cuiller d'argent dans la bouche. – *He was born with a silver spoon in his mouth.*

diable
Ils tirent le diable par la queue. – *They're trying to scrape a living.*

économies
Ils font des économies de bouts de chandelle. – *They pinch and scrape.* = *They make cheeseparing economies.*
Il fait des économies de bouts de chandelle d'un côté et dépense sans compter de l'autre. – *He is penny wise and pound foolish.*

écot
Payons chacun notre écot. – *Let's go Dutch.*

endetté
Il est endetté jusqu'au cou. – *He's up to his ears in debt.*

expédient
Il vit d'expédients. – *He lives by his wits.*

fauché
Il est fauché comme les blés. – *He's flat broke.* = *He's stony broke.*

fenêtre
Il jette son argent par les fenêtres. – *He throws his money down the drain.*

fond
Il faudra que je racle les fonds de tiroir. – *I will have to scrape up enough money to do it.*

frais
C'est aux frais de la princesse. – *It's at the taxpayer's expense.*

gouffre
Ce projet est un gouffre financier. – *That scheme is a white elephant.*

graisser
Elle a essayé de lui graisser la patte. – *She tried to grease his (her) palm.*

héritage

Il a fait un gros héritage. – *He has come into a lot of money.*

hériter

Quand j'aurai hérité... [hum.] – *When my ship comes in...*

intérêt

Il sait voir où est son intérêt. – *He knows which side his bread is buttered.*

jour

Il vit au jour le jour. – *He lives from hand to mouth.*

main

Il a été pris la main dans la caisse. – *He was caught with his fingers in the till.*

marché

Ils font du marché noir. – *They buy and sell on the black market.*

mouise

Ils sont dans la mouise. – *They're down and out.*

moyens

Il vit au-dessus de ses moyens. – *He lives beyond his means.*

nature

Il est impossible de payer en nature. – *It is impossible to pay in kind.*

nécessité

Nécessité fait loi. – *Necessity knows no law.*

noir

Il l'a acheté au noir. – *He bought it under the counter.*

œil

Ça m'a coûté les yeux de la tête. – *It cost me an arm and a leg.*
= *I had to pay through the nose for that.*

œuf

Ne mets pas tous tes œufs dans le même panier. – *Don't put all your eggs in one basket.*

pain

Ça se vend comme des petits pains. – *It is selling like hot cakes.*
Je ne veux pas vous ôter le pain de la bouche. – *I don't want to take the bread out of your mouth.*

parachute

Il a bénéficié d'un parachute en or quand il a quitté l'entreprise. – *He received a golden handshake when he left the company.*

passe

Il est dans une bonne (>< mauvaise) passe. – *He's on a winning (>< losing) streak.*

payer

C'est celui qui paie qui décide. – *He who pays the piper calls the tune.*

pelote

Il a fait sa pelote. – *He has made his pile.*

pied

Il vit sur un grand pied. – *He lives in style.*

plein

Il est plein aux as. – *He's stinking rich.* = *He's got pots of money.*

poche

Il s'en est mis plein les poches. – *He has lined his pockets.*

poire

Tu devrais garder une poire pour la soif. – *You should put something by for a rainy day.*

poule

Il ne veut pas tuer la poule aux œufs d'or. – *He doesn't want to kill the goose that lays the golden eggs.*

rien

Il est devenu riche en partant de rien. – *He has gone from rags to riches.*
Il voyage pour trois fois rien. – *He travels on a shoestring.*

rouler
Il roule sur l'or. – *He's rolling in money.* = *He's rolling in it.*
= *He has money to burn.*

rubis
Il a payé rubis sur l'ongle. – *He paid cash on the nail.*

sou
Il est près de ses sous. – *He's tight-fisted.*

souci
Ils n'ont pas de soucis (d'argent) à se faire. – *They're sitting pretty.*

train
Ils mènent grand train. – *They live high on the hog.*

vache
Ils ont mangé de la vache enragée. – *They went through lean times.*

vie
Il mène la belle vie. – *He's leading the life of Riley.* [GB]

voisin
Ils s'efforcent simplement d'imiter le train de vie de leurs voisins. – *They simply try to keep up with the Joneses.*

Chapitre 19

L'espace et les lieux
Space and places

bourré
L'endroit était bourré à craquer. – *The place was bursting at the seams.*

cambrousse
Il sort de sa cambrousse. – *He comes from the backwoods.*

chat
Il n'y avait pas un chat dans la rue. – *There wasn't a soul to be seen in the street.*

chemin
Nous avons pris le chemin des écoliers pour venir. – *We came the long way around.*

diable
Ils habitent au diable vauvert. – *They live somewhere at the back of beyond.* = *They live miles from anywhere.*

droit
Allez tout droit. – *Follow your nose.*

éparpillé
Tout ce qu'il possédait fut éparpillé aux quatre vents. – *All his belongings were scattered to the four winds.*

étoile

Je n'ai pas envie de dormir à la belle étoile. – *I don't want to sleep under the stars.*

file

Ils marchaient en file indienne. – *They were walking single file.*

four

Je ne peux pas être au four et au moulin. – *I can't be in two places at once.*

horizon

Ils ont décidé de partir vers d'autres horizons. – *They have decided to pull up stakes.*

long

Il marchait de long en large. – *He was walking to and fro.*

monde

Le monde est petit. – *It's a small world.*

mont

Il est toujours par monts et par vaux. – *He's always on the move.*

mur

Il rasait les murs. – *He was hugging the walls.*

nature

Et puis il disparut dans la nature. – *And then he vanished into thin air.*

pas

C'est à deux pas de chez nous. – *It's just on our doorstep.*
C'est à deux pas d'ici. – *It's just a stone's throw away.*
Il faisait les cent pas (comme un ours en cage). – *He was pacing (= walking) up and down (like a lion in a cage).*

Rome

À Rome il faut vivre comme les Romains. – *When in Rome do as the Romans do.*

Chapitre 20

Le temps
The weather

avril
En avril ne te découvre pas d'un fil. – *Never cast a clout till May is out.*

baromètre
Le baromètre est au beau fixe. – *The barometer is set fair.*

brouillard
Le brouillard est à couper au couteau. – *The fog is thick like peasoup.*

canicule
C'est la canicule aujourd'hui. – *It's a scorcher today.* = *It's blazing hot today.*

chien
Il fait un temps de chien. – *The weather's lousy.*

corde
Il tombe des cordes. – *It's pouring with rain.* = *It's raining cats and dogs.*

froid
Il fait un froid de canard. – *It's biting cold.* = *It's cold as a witch's teat.* = *It's brass-monkey weather.*

gâter (se)
Le temps se gâte. – *The weather is changing for the worse.*

geler

Il gèle à pierre fendre. – *It's freezing hard.*

orage

Il y a de l'orage dans l'air. – *There's a storm brewing.*

pluie

Après la pluie, le beau temps. – *March winds and April showers bring forth May flowers.*

seau

Il pleut à seaux. – *It's bucketing down.* = *It's coming down in buckets.*

soleil

Le soleil tape dur. – *The sun is beating down.*

souffle

Il n'y a pas un souffle d'air. – *There's not a breath of air.*

temps

Si le temps le permet… – *Weather permitting…*
Le temps est à la pluie (neige). – *It looks like rain (snow).*

trempé

Je suis trempé jusqu'aux os. – *I'm soaked to the skin.* = *I'm soaking wet.* = *I'm wet through.*

trombe

Ce sont des trombes d'eau ! – *The rain is coming down in sheets!*

vache

Il pleut comme vache qui pisse. [fam.] – *It's pissing down.*

vent

Il y a un vent à décorner les bœufs. – *The wind is strong enough to blow you away.* = *It's blowing a gale.*

Librio

874

Composition Nord Compo – 44400 Rezé
Achevé d'imprimer en France par Aubin
en juillet 2009 pour le compte de E.J.L.
87, quai Panhard-et-Levassor, 75013 Paris
Dépôt légal juillet 2009
EAN 9782290008430

Diffusion France et étranger : Flammarion